쌍룡기

장담 신무협 장편소설
ORIENTAL FANTASY STORY & ADVENTURE
10

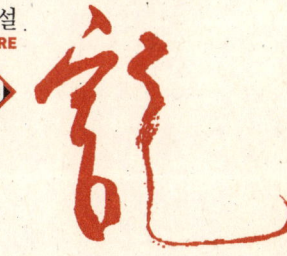

쌍룡기 10
혈풍전야(血風前夜)

초판 1쇄 인쇄 / 2010년 9월 16일
초판 1쇄 발행 / 2010년 9월 27일

지은이 / 장담

발행인 / 오영배
편집장 / 김경인
편집 / 윤대호, 신동철
펴낸 곳 / (주)삼양출판사 · 드림북스

주소 / 서울특별시 강북구 송천동 322-10호
대표 전화 / 02-980-2112 팩스 / 02-983-0660
편집부 전화 / 02-980-2116 팩스 / 02-983-8201
블로그 / blog.naver.com/dreambookss

등록번호 / 제9-00046호
등록일자 / 1999년 3월 11일

ⓒ 장담, 2010

값 8,000원

(주)삼양출판사 · 드림북스의 서면 허락 없이는 어떠한
형태나 수단으로도 이 책의 내용을 이용하지 못합니다.

ISBN 978-89-542-3969-1 04810
ISBN 978-89-542-3679-9 (세트)

* 지은이와 협의하에 인지는 생략합니다.
* 잘못된 책은 구입한 곳에서 바꾸어 드립니다.

제1장 좋아하는 사람을 지키기 위해서　007
제2장 봉황차(鳳凰車)　043
제3장 폭풍은 철마보로 모여들고　069
제4장 신룡검협(神龍劍俠)? 놀고 있네!　109
제5장 아우여, 항상 그 자리에서 나를 지켜보아라　135
제6장 천유검과 현천대군, 세상으로 나오다　169
제7장 거지가 개에게 밥을 줘? 그걸 믿으라고?　205
제8장 폭풍전야(暴風前夜)　233
제9장 현천대군과 현천백팔마령(玄天百八魔靈)　259
제10장 폭풍의 중심으로 먹구름은 몰려들고　287

제1장
좋아하는 사람을 지키기 위해서

1.

　절대지경의 고수인 사도관과 위지양이 전 공력을 쏟아낸 판이다.
　고막을 먹먹케 하는 기음이 울리며 두 사람의 기운이 서로를 향해 달려들었다.
　고오오오!
　콰과과과과!
　일대의 땅거죽이 쩍쩍 갈라지는가 싶더니, 가공할 기운에 휘말려 하늘로 솟구쳤다.
　가공할 절대기운의 충돌!
　주위에 있던 사람들은 해쓱하게 질린 표정으로 악을 쓰며 자리를 피했다.

"모두 피해!"

"가까이 가지 마라! 더 멀리 떨어져!"

바위도 가루가 되어 부서진다.

휘말리면 최하 중상을 입든지, 아니면 몸이 가루가 되어 죽을 것이다.

가히 천하를 경동시킬 초유의 대결!

뒤로 물러선 천마궁과 포검산장의 무사들은 코앞에 적이 있음에도 눈을 돌려 그 광경을 쳐다보았다.

절대의 두 기운이 뒤엉키며 정면으로 부딪치기 직전이다. 평생 두 번 다시 볼 수 없는 광경. 보지 못하면 영원히 후회할지 몰랐다.

뜻밖의 상황이 벌어진 것은 바로 그때였다.

"두 분 다 물러서요오오오!"

천지를 뒤흔드는 일성이 포검산장의 하늘에서 울렸다.

사도관은 그 목소리를 바로 알아들었다.

'헛, 무영이가?'

찰나였다. 사도무영이 두 사람 사이로 내리꽂혔다.

그제야 위지양도 사도무영을 알아보고 경악했다.

'무영 아우······?'

'안 돼! 물러서 무영아!'

맙소사! 절대의 기운이 뒤엉킨 사이로 내려서다니!

사도관은 마음이 다급해졌다.

사도무영이 강하다는 말을 듣긴 했다. 그러나 제아무리 강하다 해도 두 사람의 공세를 혼자의 몸으로 막을 수 있다고는 생각지 않았다.

이를 악문 그는 자신의 공력을 회수하며 검첨이 향한 방향을 틀었다.

그로 인해 치명적인 부상을 입는다 해도, 설령 죽는다 해도 그가 선택할 수 있는 길은 그것밖에 없었다.

자신은 아버지니까!

그런데 바로 그 순간, 위지양 역시 공력을 빠르게 회수했다.

'아우가 아무리 강해도 우리 두 사람의 기운을 맞받을 순 없어!'

하지만 그들이 제아무리 절대의 경지에 이른 고수들이라 해도, 이미 쏟아낸 기운을 회수한다는 것은 쉬운 일이 아니었다.

더구나 워낙 찰나의 순간에 벌어진 일이었다.

결국 두 사람의 공력 중 반 이상을 사도무영이 감당할 수밖에 없는 상황.

사도무영도 그걸 모르지 않았다. 처음부터 그쯤은 각오하고 뛰어든 판이었다.

사도무영은 두 사람 사이로 떨어져 내리며 두 손을 떨쳤다.

순간, 두 사람 사이로 벼락이 떨어졌다.

콰르르릉! 콰광!

고막을 터트려버릴 것 같은 굉음이 포검산장을 또 한 번 뒤흔들었다.

그와 동시, 뒤엉킨 기운이 양쪽으로 갈라지고, 제 힘을 이기지 못한 두 기운이 회오리바람을 일으키며 하늘로 솟구쳤다.

콰아아아아!

사도관과 위지양은 머리카락과 옷자락을 휘날리며 뒤로 주르륵 밀려났다.

어정쩡한 자세로 검을 든 사도관과 위지양은 오 장의 거리를 둔 채 전면을 바라보았다.

회오리바람이 솟구치는 중앙으로 한 사람이 천천히 내려서고 있었다.

두 사람이 그를 향해 동시에 외쳤다.

"무영아!"

"아우!"

사도무영은 금방 땅이 꺼질 것처럼 안도의 숨을 내쉬었다.

"후우……."

가슴이 답답하고 내력이 들끓긴 해도 심한 내상을 입은 것 같진 않다. 아버지와 의형도 무사한 것 같고.

이 정도에서 두 사람의 싸움을 멈추게 한 것은 천만다행이었다. 두 사람이 기운을 일부 회수하지 않았다면 제법 큰 내상을 입었을지 모르거늘.

사도무영이 숨을 고르고 있을 때였다.

사도관과 위지양은 다시 서로를 쳐다보며 의아한 표정을 지었다.

그들 역시 내력이 들끓어서 숨도 쉬기 힘들었다. 특히 사도관은 입을 여는 것조차 힘겨웠다. 하지만 당장 쓰러지는 한이 있어도 이 어이없는 상황의 궁금증을 푸는 게 먼저였다.

두 사람이 동시에 물었다.

"네가 어떻게 무영이를 아는 거냐?"

"귀하가 어떻게 아우를 아는 거요?"

움찔한 두 사람이 또 동시에 대답했다.

"내 아들이니까 알지."

"제 아우……."

두 사람의 눈이 튀어나올 것처럼 커졌다.

"뭐? 나는 너 같은 아들 둔 적 없는데?"

"예? 그럼 귀하가 아우와 함께 도망쳤다던……."

"네가 어떻게 그걸……?"

사도무영이 버럭 소리쳤다.

"검부터 거두고! 일단 싸움부터 멈추게 해봐요!"

사실 어이가 없는 것은 사도무영이 더했다.

정신없이 몸을 날리자 넓은 공지에 서 있는 두 사람이 보였다.
두 사람 주위에는 절대의 거력이 뒤엉켜서 휘돌고 있었다.
그는 두 사람을 향해 날아가며 양손에 공력을 집중시키고는, 사도관의 반대편에 있는 자를 향해 공격을 펼치려 했다.
 이상한 느낌이 든 것은 바로 그때였다.
 그는 사도관의 반대편에 있는 자를 쳐다보았다.
 순간, 하마터면 기혈이 꼬일 뻔했다.
 '저게 누구야?'
 아버지와 가공할 격전을 벌이고 있는 자는 철혈신마임이 분명했다. 그런데 그는 자신의 의형인 위지양이 아닌가 말이다!
 다급해진 그는 두 사람 사이로 날아가며 목이 터져라 고함을 질렀다.
 절대의 거력이 충돌하기 직전이었다. 자신의 목소리에 고막이 터져서 죽는 사람이 나온다 해도 어쩔 수 없었다. 당장 두 사람을 말릴 수 있는 방법은 그것밖에 없었으니까.
 "물러서요오오오오!"

 그렇게 겨우 최악의 경우를 막긴 했는데, 아직까지도 손발이 다 후들후들 떨렸다.
 세상에, 아버지와 의형이 원수처럼 싸우다니!
 만약 누구 한 사람이라도 크게 다쳤으면 어쩔 뻔했는가 말이다.
 '후우, 십년감수했네.'
 어머니의 마음을 조금은 이해할 수 있을 것도 같았다.
 도무지 언제 무슨 일을 벌일지 모르니······.

2.

사도무영의 고함소리가 어찌나 컸던지 근처에서 싸우던 사람들은 괴로운 표정을 지으며 귀를 틀어막고 주춤거렸다.
섭장천조차 그 충격에 인상을 쓸 정도였으니 제대로 견딜 수 있는 사람은 열이 넘지 않았다.
그나마도 내공이 약한 사람은 그 자리에 주저앉아서 몸을 부들부들 떨었다.
그 바람에 싸움을 멈추게 하는 것은 어렵지 않았다.
"싸움을 멈춰라!"
"궁주님의 명이시다! 천마궁의 궁도들은 뒤로 물러서라!"
"어르신! 사람들을 물러서게 하십쇼! 거기! 그만 싸우라니까!"
"포검산장의 검사들은 적을 놔두고 진세를 유지하라!"
여기저기서 고성이 터져 나왔다.
천마궁도들은 공격할 때만큼 신속히 뒤로 물러서고, 포검산장의 무사들은 진세를 유지한 채 앞만 노려보았다.
얼마 되지 않아 격전이 멎고 소음이 가라앉기 시작했다.
묘한 정적이 흐르는 가운데 억눌린 신음과 거친 숨소리만이 간간이 들렸다.
이십여 장의 간격을 두고 대치한 중앙에는 사도무영과 사도관, 위지양이 서 있고, 광기를 번들거리며 절대의 기운을 뿜어

좋아하는 사람을 지키기 위해서 15

내던 광효는 십여 장 떨어진 곳에 있는 노승 앞에 무릎을 꿇고 있었다.
 이해할 수 없는 광경.
 대체 무슨 일이 벌어진 것일까?
 양편의 무사들은 숨소리마저 죽이고 돌아가는 상황을 주시했다.

 "포검산장의 대표 되시는 분은 앞으로 나와 보십시오."
 사도무영이 포검산장 쪽을 향해 말했다.
 순우만과 순우겸을 비롯해 다섯 명이 앞으로 나왔다.
 그들 역시 앞에서 벌어진 상황을 이해할 수 없기는 마찬가지였다.
 하지만 천마궁주를 상대하던 사도관이 싸움을 멈추라고 했을 때는 그만한 이유가 있을 터, 일단 돌아가는 상황을 주시하기로 했다.
 포검산장 쪽에서 다섯이 나왔다.
 천마궁에서도 백궁명과 혁거붕이 나와 위지양 뒤에 섰다.
 "무슨 일인지 설명해 줄 수 있겠나?"
 순우만이 사도관에게 물었다.
 사도관은 어깨만 으쓱하고 사도무영을 바라보았다.
 어차피 나선 판이었다. 사도무영이 순우만을 향해 말했다.
 "싸움을 여기에서 끝냈으면 합니다."

순우만은 물론이고, 그의 뒤에 서 있던 네 사람의 얼굴에 분노가 떠올랐다.

"수십 명이 죽었네. 그런데 여기서 끝내라고? 허, 허, 허. 그걸 지금 말이라고 하는가?"

"어이가 없어 말이 안 나오는군. 자넨 저기 죽어있는 본 장의 사람들이 보이지 않는단 말인가?"

밀리는 싸움이었다. 계속 되었다면 더 많은 사람이 죽었을 것이다. 싸움을 멈춘 것이 포검산장 입장으로선 다행인 상황인 것이다.

하지만 그들은, 앞으로 죽을지 모르는 사람들보다 눈앞에 죽어있는 사람들에 대한 분노가 더 컸다.

사도무영이 어찌 그들의 마음을 모를까.

"애통한 마음을 모르는 바는 아닙니다. 하지만 끝내야 할 때 끝내는 게 서로를 위해서 더 낫지 않겠습니까."

순우만 뒤에 서 있던 중년인 중 하나가 소리쳤다.

"왜, 왜 우리가 싸움을 여기서 끝내야 하는 건가! 형제들이 죽은 걸 모른 척하란 말인가! 그럴 수 없다! 우리는 절대 여기서 물러날 수 없다!"

그는 순우겸의 사촌아우인 용승전주 순우균이었다.

그가 소리치자 천마궁 쪽에서도 코웃음이 터져 나왔다.

"흥! 그래? 잘 됐군! 그럼 계속 싸우자!"

"적반하장도 유분수지, 웃기는 놈들이 아닌가? 궁주님의 명만 아니었으면 이미 네놈들은 끝났을 거다!"
"원한다면 얼마든지 싸워주마! 어디 덤벼 봐!"
뒤쪽에서 목소리가 커지자, 백궁악이 뒤를 향해 소리쳤다.
"궁주님의 명이 있기 전까지는 모두 조용히 하라!"
그제야 천마궁 무사들의 열기가 가라앉았다.
포검산장 쪽에서는 강하게 반박하지 못했다. 사실이 그랬으니까.
사도무영은 양쪽이 조용해지자, 무심한 눈으로 순우균을 바라보았다.
"정말 다 죽을 때까지 싸움을 계속 하고 싶으십니까?"
순우균은 바로 대답을 하지 못했다.
사도무영이 그의 두 눈을 직시한 채 말했다.
"좀 더 솔직히 제 생각을 말하지요. 이대로 싸움이 계속 되면, 안 된 말이지만 포검산장은 절대 천마궁을 이길 수 없습니다."
"흥! 웃기는 소리! 우리가 그리 쉽게 무너질 줄 아느냐!"
"사실을 말했을 뿐입니다. 반쪽으로 쪼개진 용검회는 결코 천마궁의 상대가 아닙니다."
순우만이 눈썹을 꿈틀거리며 입을 열었다.
"젊은 친구가 많은 것을 알고 있군. 하나 길고 짧은 것은 대봐야 아는 일이라네."
덩달아서 순우균이 버럭 소리쳤다.
"버르장머리 없는 놈! 우리를 막는다면 네놈도 가만 안 둘

것이다! 그만 비켜라!"

순간 사도관이 눈을 치켜떴다.

"뭐야? 버르장머리? 당신이 뭔데 내 아들에게 그런 소리 하는 거야! 가만 안 둔다고? 어디 해봐! 나도 가만 안 있을 테니까!"

순우만이 눈을 크게 뜨고 사도관을 바라보았다.

사도관과 위지양이 나누는 대화를 들었다면 그때 알았을 것이다. 그러나 당시에는 사도무영의 고함소리에 귀청이 먹먹해서 두 사람의 대화를 제대로 듣지 못한 상태였다.

순우만뿐만이 아니라 대부분이 그랬다.

"자네……, 아들?"

"쿵, 그렇습니다. 이 아이가 바로 내 아들입니다."

그때였다. 광효 옆에 있던 공이가 이 빠진 웃음을 흘렸다.

"흘흘흘, 걱정 말게. 용검회가 아무리 기를 써봐야 저 아이의 코털 하나 건드릴 수 없을 테니까."

순우만이 눈을 좁히고 공이의 옆모습을 쳐다보았다.

기분이 묘했다. 언젠가 본 적이 있는 것 같은데 생각이 나지 않았다.

'광효가 무릎 꿇은 걸 보면 천불사의 사람 같은데…….'

그런데 공이가 순우만을 돌아보며 피식 웃었다.

"네놈도 이제 나만큼이나 늙었구나."

순우만의 눈썹이 조금씩 위로 올라갔다.

공이의 눈썹에 시선을 고정시킨 그는 끝내 입을 쩍 벌렸다.

마침내 오래전의, 무려 오십 년 전의 기억이 떠오른 것이다.
"서, 설마……, 공이대선사님?"
"클클, 오십 년이나 지났거늘, 그래도 나를 잊지 않았구나."
순우만이 황급히 합장하며 허리를 깊게 숙였다.
"소질이 대선사님을 뵙습니다."
"때가 아닌 것 같으니 그리 예의를 차릴 필요는 없느니라."
나이 칠십이 넘은 순우만이 허리를 숙이자, 용검회 사람들은 말문을 열지 못하고 멍한 표정으로 바라보기만 했다.
도대체 어떻게 돌아가는 판국인지…….
그때 허리를 편 순우만이 곤혹한 표정으로 말했다.
"대선사님께서 주도하신 일인 줄도 모르고 제가 말을 함부로 한 것 같습니다."
"나는 저 아이를 따라왔을 뿐이다. 저 미친놈이 무슨 짓을 하고 다니나 궁금해서 말이야. 그러니 이 늙은 땡초는 신경 쓸 것 없다."
공이대선사는 이 일과 상관이 없다고?
순우만은 사도무영과 사도관을 바라보았다.
공이대선사가 관여되지 않았다 해서 문제가 해결된 것은 아니었다.
상대가 사도관의 아들이라는 것. 어쩌면 그게 더 골치 아픈 문제일지도 몰랐다.
어떻게 할 것인가?

당장의 복수심을 만족시키기 위해서 천마궁과 일전을 벌일 것인가, 아니면 한을 가슴 속에 구겨 놓고 사도무영의 말을 들을 것인가.

그는 순우균처럼 감정대로 움직이는 사람이 아니었다. 한이 크다 해서 현실을 바로보지 못할 정도로 어리석은 사람도 아니었다.

마음인들 어찌 멈추고 싶으랴. 천마궁 놈들의 목을 모조리 잘라서 형제들의 한을 풀어주어야 하지 않겠는가!

하지만 그것은 이상일 뿐이었다.

현실은 이상과 달리 가혹한 결과가 기다리고 있었다.

사도관 일행이 도와주지 않을 경우, 싸움이 계속되면 포검산장의 미래를 누구도 장담할 수 없는 것이다.

잠시 생각하던 그는 눈을 천천히 감았다 뜨고 사도무영에게 물었다.

"싸움을 이쯤에서 끝내자고 했을 때는 해결책이 있으니까 한 말일 거라 보네만. 설마 아무런 해결책도 없이 무책임하게 뱉은 말은 아니겠지?"

"일단 천마궁이 앞으로 진령을 넘지 않겠다는 약속을 한다면 어떻겠습니까? 물론 용검회도 진령을 넘지 않아야 할 것이고 말입니다. 그 약속을 먼저 하고, 보다 자세한 것은 나중에 이야기하지요."

불가침 약속.

순우만은 이마를 찌푸렸다.

과연 그것만으로 수십 명의 희생을 대신할 수 있을까?

냉정히 생각해 보면 충분한 가치가 있는 약속이었다. 오늘은 그냥 물러간다 해도, 천마궁이 또 진령을 넘는다면 수십 명이 아니라 수백 명이 죽을지 몰랐다.

순우진이 그 안에 폐관을 끝내고 나온다면 상황이 달라질지 모르지만, 그렇다 해도 피해가 막심할 것은 분명했다.

그런데 철혈신마가 과연 그런 약속을 할까? 저자가 뭐가 아쉬워서?

문득 묘한 기분이 들었다. 철혈신마가 거부할지 모른다는 생각이 들자, 오히려 조바심이 생기는 게 아닌가.

순우만은 자신의 마음을 감추기 위해 다그치듯이 물었다.

"우리는 그렇다 치세. 저들이 자네 말을 듣겠는가?"

사도무영이 고개를 돌려 위지양을 바라보았다.

"형님, 저는 이 싸움을 여기서 끝냈으면 합니다. 아우로 하여금 죄를 짓지 않게 해 주시지요."

위지양은 쓴웃음을 지었다.

그는 그 말에서 사도무영의 마음을 눈치챘다.

아마 반대한다면 사도관과 광효뿐만이 아니고, 사도무영까지 적으로 삼아야 할지 몰랐다.

물론 자신과 싸우지는 않을 것이다. 하지만 천마궁의 궁도들은 사도무영의 살수를 피할 수 없을 것이었다.

그러면 피해가 막대해지는 것은 차치하고, 천마궁의 존폐를 걱정해야 할 상황에 몰릴지도 몰랐다.

위지양은 한 발 물러서지 않을 수 없음을 알고 담담히 말했다.

"아우의 말을 따르지 않으면 당장 천마궁이 위험한데 어쩌겠나, 아우의 말을 따르는 수밖에."

그의 말에는 두 가지 뜻이 내포되어 있었다.

천마궁도들에게는 자신의 결정에 대한 당위성을, 포검산장 사람들에게는 사도무영이 그 정도 영향력이 있다는 걸 간접적으로 표현한 것이다.

양쪽의 무사들은 수군거렸다.

저자가 누군데 천마궁주가 저런 말을 한단 말인가?

특히 순우만과 순우겸을 포함한 포검산장의 간부들은 두 사람의 대화에 머리가 지끈거렸다.

사도관의 아들이라는 것만으로도 머리가 복잡한데, 철혈신마의 동생이라고?

거기다 철혈신마가 스스로 천마궁의 위험을 논하지 않는가!

정말 저자에게 그 정도의 능력이 있는 걸까?

두 사람의 대결을 막은 것이 정말 저자의 능력이었단 말인가? 두 사람이 자의로 멈춘 것이 아니고?

사도무영은 그들의 머리가 뒤엉키든 쪼개지든 상관하지 않았다. 그에게는 쓸데없이 힘만 소모하는 이 싸움을 종식시키는 게 더 급했다.

그래야 막강한 우군을 좌우에 둘 수 있을 테니까.

"감사합니다, 형님."

위지양을 향해 고개를 숙여 보인 사도무영은 순우만을 향해 고개를 돌렸다.

"천마궁은 그렇게 하겠다는군요. 이제 포검산장이 결정을 내려주시기 바랍니다."

순우만은 입술을 질겅 씹었다.

막상 위지양이 쉽게 응답하자, 언제 조바심이 들었냐는 듯 마음이 또 변했다.

그는 조석지변으로 변하는 자신이 마음에 들지 않았지만 어쩔 수가 없었다. 자신의 말 한마디에 용검회의 자존심이 달려 있는 상황. 욕을 얻어먹는 한이 있어도 신중을 기해야 했다.

"만일 반대한다면?"

"그럼 불행한 일이 벌어질 겁니다."

"본 회를 너무 무시하는군."

"무시하지도, 과하게 생각하지도 않습니다. 분명한 것은, 지금의 용검회로선 천마궁을 막을 수 없다는 사실이지요. 무슨 일이 있어도 형제들의 복수를 위해 검을 들겠다면 저도 더 이상 말리지 않겠습니다. 구천신교를 상대하는 것만으로도 머리가 아파서 용검회의 안위까지 걱정할 여력이 없으니까요."

사도무영이 조금 짜증난다는 투로 말했다.

순우만이 어깨를 움찔 떨었다.

사도무영은 갈등을 느끼는 그에게 답을 재촉했다.

"어떻게 하시겠습니까? 지금 이 자리에서 결정해 주시지요. 제 중재안을 반대하시겠다면 저도 더 이상 간청하지 않고 물러가겠습니다."

사도관이 사도무영의 말에 힘을 실어주었다.

"우리 역시 아들과 함께 떠날 겁니다."

그는 싸움이 벌어지는 걸 처음부터 바라지 않았던 사람. 아들이 말리는데 끝까지 끼어들 이유가 없었다.

순우만은 뒤에 늘어선 용검회의 간부들을 둘러보았다.

순우겸이 착잡한 표정으로, 보일 듯 말듯 고개를 끄덕이며 전음을 보냈다.

『숙부님, 일단 승낙을 하시지요. 아버님께서도 이해하실 겁니다.』

사도관 일행이 있어도 유리할 게 없는 마당, 그들이 떠난다면 결과는 불을 보듯 뻔했다.

포검산장의 멸망.

백여 명의 희생을 되돌릴 수는 없지만, 그들의 죽음이 안타깝고 분노가 치밀었지만, 그렇다고 모든 것을 포기할 수는 없는 일이었다.

고개를 돌린 순우만은 사도무영을 응시하며 눈꺼풀을 파르르 떨었다.

"좋……네. 자네 말대로 하지."

3.

　천마궁은 동료들의 시신과 부상자들을 떠메고 외장 밖으로 철수했다.
　포검산장 사람들 역시 내장에 있던 사람들까지 모두 나와서 널브러진 시신을 정리하고 부상자들을 치료했다.
　그 사이 사도무영과 천마궁과 포검산장의 대표들은 좀 더 자세한 이야기를 나누기 위해 장소를 옮겼다.
　회담 장소는 외장의 정문 근처에 있는 객당으로 정했다.
　포검산장 쪽에선 순우만과 순우장, 순우겸이 나서고, 천마궁에선 위지양과 백궁명과 혁거붕이 나섰다.
　사도무영은 사도관 등에게도 참석할 거냐고 물어 보았다.
　하지만 사도관은 '네가 알아서 잘 할 텐데 내가 왜 그런 귀찮은 일에 끼어들어?' 그러면서 모든 일을 사도무영에게 떠넘겼다. 공이와 광효, 단학은 아예 신경도 쓰지 않았고.
　가끔씩 튀어나오는 아버지의 엉뚱한 말에 진땀 빼느니 사도무영도 그게 편했다. 하기에 더 이상 의견을 물어보지 않았다.
　결국 사도관 일행 중에서는 섭장천만이 참석하기로 했다.
　천하제일검과 용검회와 당금 천하를 뒤흔드는 천마궁의 대표들이 모인 자리다. 강호의 중대사를 결정하는 자리. 섭장천에게는 그 자리에 참석한다는 것만으로도 큰 의미가 있었다.

방 안에는 기다란 탁자가 하나 있었다.

사도무영과 섭장천이 양쪽 끝에 앉고, 각 세력의 대표들이 탁자를 가운데 두고 마주앉았다.

포검산장 사람들은 딱딱하게 굳은 표정으로 위지양 등을 노려보았다.

위지양 등은 조금도 거리낄 게 없다는 태도였다.

강호는 약육강식의 세계. 힘 있는 자가 득세하는 곳이 아니던가. 만약 자신들이 약했다면 포검산장이나 종남, 화산이 그대로 놔두지 않았을 것이었다.

무거운 긴장감이 맴도는 가운데 두 세력의 경계선이 정해졌다.

약간의 이견이 있었지만, 진령이 워낙 넓다 보니 사실 선을 그을 정도의 자세한 경계는 무의미했다.

결국 정해진 경계는 단순하면서도 확실했다.

진령 북쪽 평원과 맞닿은 산의 능선과 꼭대기. 그곳을 경계로 정한 것이다.

그 후 세부적인 사안도 정해졌다.

-천마궁은 그 경계를 넘지 않는다. 물론 소수의 인원이 부득이한 사정으로 경계를 넘어가야 할 경우는 예외다.
-포검산장도 천마궁과 똑같은 조건을 적용한다.
-양쪽 세력 모두 상대의 세력권으로 들어갈 때는 상대편 사람에게 그 이유를 정확히 설명해야 한다.

-만약 협정을 어기는 경우가 발생할 경우, 양쪽 세력은 그 상황을 즉시 상대에게 통보하고, 협정을 어긴 쪽이 합당한 배상을 해야 한다.
-고의적으로 어느 한쪽이 협정을 어기고 파기로 몰고갈 경우, 그 세력은 이후 벌어지는 모든 결과에 대해서 책임을 져야 한다.

약간의 신경전이 벌어지긴 했지만, 반 시진이 지나자 대충 이야기가 마무리되었다.

사도무영은 협정에 대한 사안이 마무리되자 자신의 개인적인 입장을 밝혔다.

"상당한 피해가 발생하긴 했습니다만, 일이 이 정도로 마무리 되어서 다행이라는 생각입니다. 말하지 않아도 아시겠지만, 제가 싸움을 멈추게 한 것은, 천마궁과 용검회가 싸워봐야 어느 쪽이 이겨도 남는 게 없기 때문입니다. 상처만 남은 승리는 결국 제삼자에게 어부지리만 안겨줄 뿐이지요."

순우만이 물었다.

"제삼자라, 구천신교를 말하는 건가?"

"그렇습니다. 그들 자체의 힘만 해도 강호에서 맞설 수 있는 곳은 그리 많지 않습니다. 그런데 이제는 혈음사까지 끌어들인 상황이지요. 만약 이 상황에서 천마궁과 용검회가 양패구상이라도 했다면, 구천신교에게는 절호의 기회가 되었을 것입니다. 정천맹만 무너뜨리면 그들을 막을 수 있는 세력이 없으니까요."

사도무영은 말을 멈추고 좌중을 둘러보았다. 사실이 그랬으니 그 말에는 누구도 반박하지 못했다.

한참 동안 아무도 입을 열지 않자, 사도무영이 목소리에 힘을 싣고 말을 이었다.

"저는 구천신교에 대해서 강호의 누구 못지않게 잘 압니다. 목적을 이루기 위해서 몇 달간 그들과 함께 생활을 했으니까요. 그런 제가 봤을 때, 구천신교가 득세하면 강호에 혼란이 오고, 피와 죽음이 넘쳐날 것이 분명합니다. 포검산장도, 천마궁도 피로 얼룩진 혼란에서 벗어날 수 없을 겁니다."

사도무영의 눈이 위지양을 향했다.

"저는 그러한 최악의 상황이 오는 걸 막기 위해서 그들과 싸울 생각입니다만, 형님의 뜻은 어떤지 모르겠군요."

조용히 사도무영을 응시하던 위지양이 난감한 표정으로 말했다.

"아우, 아우의 말이 무슨 뜻인지 알긴 하겠네만, 나는 정천맹을 도와주고 싶은 생각이 없네. 그 점에 대해선 이해해주게."

위지양이 왜 정파를 싫어하는지 사도무영도 조금은 아는 터였다.

"정천맹을 도와달라는 게 아닙니다, 형님. 저를 도와주실 수 있냐고 묻는 겁니다."

"아우를 돕는다?"

"제가 구천신교와 싸우려는 것은 정천맹을 위해서가 아닙니다. 바로 저 자신과 저를 따르는 사람들을 위해서 싸우려는 것입니다."

"흐음, 그렇단 말이지?"

"그들을 무너뜨리지 못하면, 제가 좋아하는 사람들을 지킬 수 없습니다. 도와주십시오, 형님."

"지켜야 하는 사람이라······."

눈을 반쯤 감은 채 말을 길게 끌던 위지양이 뜬금없이 물었다.

"전에 찾아야 한다던 사람이 있다고 했지? 찾았나?"

"다행히 찾았습니다."

"여잔가?"

"예······."

대답하기가 머쓱한지 사도무영은 머리를 긁적이며 나직이 대답했다.

용검회의 사람들이 괴이쩍은 표정으로 그를 바라보았다.

천마궁과 포검산장의 싸움을 단신으로 중단시킨 사람이라고 보기에는 너무 순진한 모습이었다.

순우만은 그 모습을 보고 문득 사도관이 떠올랐다.

'아버지를 닮았군.'

반면 위지양은 그런 모습을 보고 사도무영이 전보다 더 강해졌다는 것을 깨달았다.

'이 방의 분위기에서 저런 모습이라……. 이곳에 있는 누구도 안중에 없다는 건가?'

그는 빙그레 웃으며 말했다.

"그날, 아우에게 손해 가지 않는 사람이 되겠다고 했지? 이제 그 정도는 된 것 같군."

"형님……."

"천마궁을 달라고 해도 줄 수 있는데 뭘 못해 주겠나?"

무슨 부탁이든 들어주겠다는 말. 사도무영은 포권을 취하며 고개를 숙였다.

"소제의 청을 들어주셔서 감사합니다, 형님. 하지만 천마궁을 저에게 떠넘길 생각은 아예 마십시오."

백궁명과 혁거붕은 입을 반쯤 벌리고 위지양과 사도무영을 번갈아 보았다.

위지양이 피식 웃으며 그들에게 말했다.

"천하의 누구와 싸워도 자신 있는데 아우만큼은 이길 자신이 없다오. 그러니 달라면 주는 수밖에 없지 않겠소?"

"……."

백궁명과 혁거붕은 설마 하는 표정으로 사도무영을 바라보았다. 하지만 그들보다 용검회의 세 사람이 더 경악했다.

철혈신마보다 더 강하다고?

정말일까?

그런 용검회 사람들을 향해 사도무영이 말했다.

"용검회 분들에게는 굳이 나서달라고 하지 않겠습니다. 그저 다른 마음을 먹지 않았으면 할 뿐입니다."

순우만은 사도무영의 말뜻을 이해하고 얼굴이 붉어졌다.

천마궁에 공백이 생긴 틈을 타서 엉뚱한 욕심 품지 마라, 그 말이었다.

자존심이 상했다. 기분도 나빴다.

천마궁에는 도움을 청하면서 자신들에게는 나서지 않아도 된다고? 그러고는 의심이나 해?

"흥! 우리도 구천신교와 싸우는데 사람을 보내겠다. 그러면 되지 않느냐?"

사도무영은 사양하지 않고 오히려 한술 더 떴다.

"약한 사람은 필요 없습니다. 정말 도와주실 마음이라면 소수라 해도 강한 자로 추려주셨으면 합니다."

"걱정 마라. 용검회의 이름에 먹칠하지 않을 만한 사람들로 보낼 것이니까!"

순우만은 왠지 사기당한 기분이 들었다. 하지만 이미 입 밖으로 뱉어낸 말, 주워 담을 수도 없었다.

사도무영은 내심 만족해하며, 다른 말이 나오지 못하도록 화제를 돌렸다.

"한데 어르신, 벽검산장의 동방가가 무슨 짓을 저질렀는지 알고 계십니까?"

"어느 정도는 알고 있다."

"그들이 한때 구천신교와 손을 잡았었다는 것도 알고 계실지 모르겠군요."

"뭐야?"

순우만을 비롯한 포검산장 사람들의 얼굴에 경악이 떠올랐다.

바로 그때 뜻밖의 손님이 협상장을 찾아왔다.

"숙부님, 회주님께서 오셨습니다."

포검산장 사람들이 자리에서 벌떡 일어났다.

"회주님께서 오셨다고? 어서 안으로 모셔라!"

순우만이 밖을 향해 소리치자, 문이 열리고 두 사람이 들어왔다. 한 사람은 순우문이었고, 한 사람은 창백한 얼굴의 노인이었다.

노인은 큰 키에 어깨가 떡 벌어져서 최소한 겉모습만큼은 건장한 장한 못지않았다.

그러나 굵은 주름과 검버섯이 핀 창백한 얼굴에 오랜 병마와 싸워온 세월이 그대로 녹아 있어서, 노인의 몸이 정상이 아니라는 걸 짐작하는 것은 어렵지 않았다.

그 노인이 바로 용검회의 회주인 용천검제(龍天劍帝) 순우곤이었다.

"아버님, 어찌 이곳까지······."

"죄송합니다, 형님. 제가 미욱해서 결국 형님까지 나오시게 만들었군요."

순우겸과 순우만이 착잡한 표정으로 노인을 맞이했다.

하지만 노인은 당당한 걸음걸이로 걸음을 옮기더니 포검산장 쪽의 빈자리에 앉았다.

"모두 앉지."

일어났던 사람들이 모두 자리에 앉자 순우곤의 눈이 사도무영을 향했다.

"나는 순우곤이라는 다 죽어가는 늙은이일세."

"사도무영이라 합니다."

"그간의 일에 대해선 대충 이야기를 들었네. 먼저 고맙다는 말을 해야겠군."

"이해해주셔서 감사합니다."

"성질 급한 아이들이 기분만 내세워서 자네를 윽박지른 모양이더군. 이곳에만 갇혀서 지내다 보니 아직 철이 덜 들었다네."

순우겸이 당황한 표정으로 나직이 입을 열었다.

"아버님……."

"왜? 내 말에 잘못된 거라도 있느냐? 멸문을 막아줬는데도 은혜를 모르고 몰아붙였다 들었다. 그것이 철든 행동이라고 보느냐?"

"그게 아니오라……."

"나 역시 형제들의 죽음에 분노가 치민다. 화가 나! 협상 따위 개에게 던져주고 당장 검을 들고 싸우고 싶단 말이다."

"……."

"하지만 한 무리를 이끄는 사람은 감정만으로 모든 것을 결정해서는 안 되는 법이니라. 하나만 묻겠다. 우리의 힘만으로 천마궁을 물리칠 자신이라도 있었더냐?"

순우겸은 이마에 송골송골 맺힌 땀을 닦아내지도 못하고 고개를 숙였다.

"솔직히……, 힘듭니다."

"너희들이 고집을 피워서 끝까지 싸웠다면 어떤 결과가 나왔을 거라 보느냐? 내가 보기에는 우리 포검산장의 사람들이 모두 죽었을 것 같다만. 너는 그렇게 되기를 바라느냐?"

"아닙니다, 아버님."

"와신상담(臥薪嘗膽)의 고사를 잊지 마라. 살다 보면 치욕을 만회할 수 있는 기회가 한 번쯤은 반드시 찾아오는 법이니라."

"죄송합니다, 아버님. 제가 생각이 짧았습니다."

"쯔쯔쯔……."

순우곤은 혀를 차면서 순우만을 쳐다보았다. 순우만은 슬며시 고개를 돌리고 딴청을 피웠다.

순우곤은 더 이상 뭐라 하지 않고 위지양을 바라보았다.

"물론 은원은 확실히 구분할 것이네. 언제가 될지 모르지만, 오늘의 일에 대한 빚은 반드시 갚아줄 것이야."

위지양은 잔잔한 웃음을 지으며 순우곤의 말을 받았다.

"마다하지 않겠습니다. 그걸 두려워했다면 아우의 청을 들어주지 않았을 겁니다."

"그리 생각한다니 다행이군."

순우곤은 태연히 답하면서도 속으로 경악을 금치 못했다.

그는 왜 포검산장이 천마궁에 형편없이 눌렸는지 위지양을 보고 확실하게 알 수 있었다.

그릇 자체가 달랐다. 크기가 너무 차이 난다.

'어렵구나, 어려워. 당분간 복수보다는 힘을 기르는데 전념해야 할 것 같군.'

위지양 앞에서 보란 듯이 아들을 몰아붙였다. 아픔이 있는 만큼 강해지기를 바라서였다. 그런데 어지간히 강해져서는 한을 풀기가 힘들 것 같다.

'진아가 완성돼도 시간이 필요하겠어.'

마음이 착잡해진 그는 자신의 마음을 감추기 위해서 사도무영을 향해 고개를 돌렸다.

"들어오기 전에 들었네. 무슨 말인지 말해주겠나?"

"말씀드리지요. 작년 늦가을이었습니다. 벽검산장은……."

사도무영은 그간의 일을 자세하게 말해주었다.

그들이 수라곡을 친 이유, 자신이 그들에게 죽을 뻔했던 것 등등.

사도무영의 말이 길어질수록 포검산장의 사람들은 안색이 돌덩이처럼 굳은 채 이를 악물었다.

사도무영은 싸늘하게 가라앉은 눈으로 그들을 둘러보며 말을 맺었다.

"동방가는 그 일에 대해서 책임을 져야 할 것입니다."

그 말 속에는 용검회도 책임을 져야 하지 않겠냐는 질책이 담겨 있었다.

산전수전 다 겪은 순우곤이 왜 그걸 모를까.

그러잖아도 병색이 짙은 그의 얼굴이 더욱 어두워졌다.

"그게 사실이라면……, 우리 포검산장은 그들의 일을 처리하는데 최대한 협조하겠네."

회주가 그리 말한 이상 결정 난 거와 다름없다.

어차피 하려 했던 일이니 불만은 없었다. 문제는 자신들이 그 일을 주관하지 못하고, 사도무영을 도와서 처리해야 한다는 점이었다.

순우만은 사도무영이 친 그물에서 빠져나갈 길이 없다는 걸 알고 한숨이 절로 나왔다.

'끄응, 빌어먹을. 그 못된 놈들 때문에 꼼짝없이 끌려가게 생겼군!'

별 마찰 없이 이야기를 끝낸 사람들은 방으로 들어간 지 한 시진이 조금 못 되어서 밖으로 나왔다.

순우곤은 순우문의 부축을 받으며 먼저 내장으로 들어가고, 사도무영은 위지양과 나란히 방을 나섰다.

밖으로 나온 포검산장과 천마궁 사람들은 냉기가 감도는 목소리로 인사를 나누고 갈라섰다.

"그럼 나가보지 않겠소. 잘 가시오."

"다음에 봅시다."

그리고 서로 등을 보이며 돌아서서 순우만 등은 내장으로, 위지양 등은 정문으로 향했다.

사도무영은 쓴웃음을 지으며 고개를 돌렸다.

저만치에서 장막심 등과 노닥거리고 있는 사도관이 보였다. 광효는 고개를 푹 숙인 채 공이 옆에 서 있고.

사도무영은 옆에 서 있는 위지양을 바라보았다.

"형님, 아버지와 정식으로 인사를 나누시지요."

"그래야지."

사도관은 뒤늦게 도착한 장막심 등에게 사도무영과 어떻게 만났느냐, 고향이 어디냐, 장가는 갔냐, 별의별 말을 꼬치꼬치 캐물었다.

그리고 결국은 양류한에게 여자보다 더 잘 생겼다는 말을 하며 요모조모 뜯어보았다.

다행히 양류한은 얼굴이 살짝 붉어졌을 뿐 더 이상의 행동은 보이지 않았다. 사도무영의 아버지가 아닌가.

그러다 마침 사람들이 방에서 나오는 걸 보고 재빨리 입을 열었다.

"어르신, 사람들이 나오는군요."

"어? 그러네. 무영아!"

사도무영은 장막심과 양류한의 모습만 보고도 무슨 일이 있었는지 알 것 같았다.
'고생 좀 했겠군.'
그는 한숨이 나올 것 같은 표정으로 사도관에게 다가갔다.
사도관은 자랑스럽다는 듯 밝게 웃으며 물었다.
"다 끝났냐?"
"예."
사도무영은 위지양을 바라보았다.
위지양이 포권을 취하며 고개를 숙였다.
"위지양이 아버님께 인사드립니다. 좀 전의 일은 미처 모르고 한 일이니 용서를 바랍니다."
"하, 하, 하, 모르면 그럴 수도 있지 뭐. 마음 쓰지 말게나."
"몸은 좀 어떠십니까?"
"이 정도야 뭐……. 하, 하, 하."
사도관은 신이 나서 아픈 줄도 몰랐다.
천하의 천마궁주가 아버님이라 부르지 않는가!
자신과 싸울 때는 무섭게 느껴졌는데, 지금 보니 순한 양처럼 보였다.
'진작 알았으면 더 좋았을 텐데…….'
위지양은 순박하게 느껴지는 사도관의 그 모습이 보기 좋았다. 절대의 무공을 지니고도 저런 마음을 유지할 수 있는 자가 천하에 몇이나 있을 것인가 말이다.
'역시 아우의 부친답군.'

그는 보다 편안해진 표정으로 웃으며 말했다.

"지금은 상황이 좋지 않으니, 나중에 찾아뵙고 더 많은 가르침을 받겠습니다, 아버님."

사도관은 담담하게 고개를 끄덕였다.

"그렇게 하도록 하세. 궁도들을 이끌고 돌아가려면 바쁠 텐데 말이야."

하지만 그렇게 말하면서도 속으로는 뜨끔했다.

'가르침을 받겠다? 설마 다시 겨뤄보자는 것은 아니겠지?'

사도무영이 사도관에게 위지양을 소개시키는 동안 섭장천과 장막심은 눈싸움을 벌였다.

"킁, 소향이 혼자 놔두고 이렇게 오래 있어도 되냐?"

"내 마누라를 왜 자네가 걱정하는 거지?"

"옛날에는 내 마누라였잖아."

소꿉장난하던 아홉 살 때는.

섭장천은 피식 웃다 말고 장막심을 자세히 살펴보았.

"이제 보니……, 넘어섰구나?"

"그럼 항상 머물고 있을 줄 알았냐?"

"축하한다."

"사람 죽일 수 있게 된 걸 축하하다니, 너도 점점 사람이 이상하게 되어가는군."

"훗, 그게 그렇게 되나? 어쨌든 이제 쉽지 않겠는데?"

"제길, 나도 그럴 거라 생각했는데, 너를 보니까 아직 안 되겠다."

섭장천은 조용히 웃으며 장막심을 바라보았다. 자신이 계단 하나를 올랐다는 걸 알아본 것만으로도 장막심은 이제 이전의 장막심이 아니었다.

세상이 혼돈으로 물들어가는 시기, 친구가 강해졌다는 것은 반가운 일이었다.

'오래 살아남아라, 막심. 나는 너를 이 험한 강호에서 잃고 싶지 않다.'

4.

사도무영은 위지양을 담담한 표정으로 보냈다. 오랜만에 만나 빠른 작별이 아쉽긴 해도, 어차피 가까운 시일 내에 다시 만날 것이었다. 회포는 그때 풀면 되었다.

그렇게 일이 대충 마무리 되자 사도무영은 일행과 함께 장안표국으로 향했다.

섭장천은 포검산장이 보이지 않을 즈음 사도무영에게 말을 건넸다.

"근 반 년이 지났는데도 만족할 만한 결과를 보이지 못했으니 자네 보기가 민망하군."

"별말씀을 다하십니다. 오히려 제가 부탁한 바람에 객지에서 반 년이나 보내셨으니 미안한 것은 저죠."

"후회는 없네. 내가 원했던 일이니까."

"아참, 일전에 동정호에 갔다가 흑문을 만났습니다."

사도무영은 흑문과 마주쳤던 그날의 일을 말해주었다.

"……그랬으니, 아마 당분간은 악양으로 눈도 돌리지 않을 겁니다."

이야기를 다 들은 섭장천은 눈을 휘둥그렇게 뜨고 환하게 웃었다. 그렇다면 당분간 전검방과 부인을 걱정하지 않아도 될 것이었다.

"하하하, 이거 자네 덕분에 큰 우환을 하나 덜었군."

"그리고 송번이란 분을 만났습니다. 부인과 진연운 낭자에게 형님이 장안에서 잘 먹고 잘 지내고 있다는 것을 전해주라 했지요."

"그래? 잘했네. 두어 달 전에 소식을 보내고 못 보냈는데 말이야."

사도무영은 섭장천의 표정이 밝아진 걸 보고 마음이 조금이나마 가벼워졌다.

하지만 나란히 걸어가는 사도관과 단학이 눈에 들어오자 다시 마음이 무거워졌다.

터지기 직전의 화산을 보는 기분이랄까?

제2장

봉황차(鳳凰車)

1.

사도무영이 사도관에게 유모에 대해서 운을 뗀 것은 장안성이 저만치 보일 때였다.
"유모와는 어떻게 된 일입니까?"
움찔한 사도관은 가자미눈으로 사도무영을 보며 되물었다.
"만났냐?"
만났으니까 알죠.
"말씀해 보세요. 왜 그렇게 된 건지."
"그게 말이다……."
사도관은 머쓱한 표정으로 그간의 사정을 모두 이야기했다. 헤어진 그날부터 나민이 그를 구해준 사정, 천화문의 무공을 익히면서 같이 지낸 것 등등.

물론 나민이 동굴에서 그를 구해주던 상황은 최대한 간단히, 그러면서도 사도무영이 확실하게 알아들을 수 있도록 이야기했다.

"…… 이 아비가 죽기 직전이었는데, 나민이 음양공으로 살렸지. 자신의 내공을 모조리 소모하면서. 사나이대장부가 되어서 어찌 은혜를 모른 척할 수……."

잠깐 말을 멈춘 사이, 사도무영을 슬쩍 쳐다본 사도관은 목소리에 좀 더 힘을 주었다.

"그 후 이 아비는 좀 더 강해져야 가족을 지킬 수 있다는 점을 절실히 깨닫고……, 순전히 사명감에 불타서 대천화를 익히기로……. 후우, 그래서 그렇게 된 거다."

사도무영은 사도관의 말을 듣고 나서야 이해할 수 있었다.

'그럼 그렇지. 아버지가 단순히 여자에 빠져서 유모를 부인으로 받아들였을 리가 없지. 어머니가 어떻게 나올지 뻔히 알 텐데.'

조금은 안심이 되었다. 하지만 그것은 자신의 기준일 뿐이었다.

"사정이 그렇다면야 어쩔 수 없는 일이긴 한데, 어머니가 이해하실지 모르겠군요."

사도관이 비장한 표정으로 말했다.

"내가 다 감당해야지. 내 목숨을 구해준 사람에게 그것까지 떠넘길 수는 없는 일 아니냐?"
 사도무영은 아버지가 많이 달라졌다는 생각이 들었다.
 '나민 아주머니 때문인가?'
 어쨌든 아버지의 목숨을 구해주면서 맺어진 인연이라면 고맙게 생각해야 할 일. 더구나 어느 정도는 자신에게도 책임이 있지 않은가.
 그리고 무엇보다 아버지가 걱정되었다.
 '아버지는 분명히, 어머니가 아무리 심하게 때려도 고스란히 맞을 거야.'
 자칫하면 크게 다칠지도 모르는데, 알면서도 보고만 있을 수는 없는 일이었다.
 "저도 도와드릴게요, 아버지."
 사도관은 감격한 표정으로 사도무영의 어깨에 손을 얹었다. 눈가가 찡한 것이 금방이라도 눈물이 나올 것 같았다.
 뭐라고 야단을 칠지도 모른다 생각했는데, 도와주겠다니!
 "고맙다, 아들아! 네가 도와준다면 네 어머니도 화를 덜 낼 거야."
 사도무영은 뒤에서 바짝 따라오는 단학을 돌아다보았다.
 "단 아저씨, 아직 어머니는 모르지요?"
 알면 지금까지 가만히 있었겠어? 강호를 뒤집어엎었지.
 단학은 실 같은 눈으로 사도무영을 흘겨보면서 앵두 같은 입술을 오물거렸다.

"아직 모릅니다, 공자."

아직 모른다 해도 언제까지 숨길 수는 없는 일이다. 이역만리로 도망치지 않는 이상은.

어머니가 아버지와 유모의 일을 알면 어떻게 나올까?

깊게 생각할 것도 없었다. 지금쯤 어머니의 인내는 한계에 도달해 있을 테니까.

'진짜 전쟁은 집에서 벌어지겠군.'

사도무영은 천하의 패권을 놓고 벌어지는 전쟁보다도 집안에서 벌어질 전쟁이 더 걱정되었다.

"후우……."

땅이 꺼질 것 같은 한숨이 절로 나왔다.

사도관은 그런 사도무영의 모습을 곁눈질하며 머리를 굴렸다.

'만약 거부하면 마누라 앞에서 팔을 하나 잘라버리는 거야. 아니지, 그건 좀 너무한 것 같고……, 손가락을 하나 잘라서 혈서를 쓸까?'

'나 사도관은 절대 나민을 버리지 않을 것이다!' 그렇게.

그도 아니면, '나 사도관은 두 번 다시 다른 여인을 넘보지 않을 것이다!' 그렇게 쓰던가.

'자존심이 좀 상하긴 하지만, 아무래도 두 번째가 낫겠지?'

2.

사도관이 내심 머리를 굴리며 대처할 방법을 생각하는 사이 장안성이 코앞에 다가왔다.

바로 그때, 장안성 안쪽에서 커다랗고 화려한 마차 한 대가 나왔다.

"우와, 굉장한 마찬데?"

사도관뿐만이 아니라 모두가 그 마차를 보고 감탄을 금치 못했다.

눈처럼 하얀 백마가 끄는 사두마차의 지붕 위에는 봉황이 조각되어 있고, 지붕에서 늘어진 날개가 마차 전체를 덮고 있었다.

마부석의 마부를 제외하고도 마차를 호위하는 사람은 모두 열두 명이나 되었는데, 개개인이 예사롭지 않은 기운을 지닌 여인들이었다.

사도무영은 호위무사들을 보며 눈을 반짝였다.

'대단하군.'

그런데 뒤쪽에서 느릿하니 따라오던 공이대선사가 그 마차의 정체를 아는지 웃음을 흘리며 말했다.

"흘흘흘, 세상이 혼돈으로 치달으니 마침내 봉황차(鳳凰車)마저 나타났군. 혼돈이 극에 이를 시기가 얼마 남지 않은 건가?"

사도무영은 고개를 돌려 공이대선사를 바라보았다. 봉황차라는 말에서 한 곳이 떠오른 것이다.

"저 마차가 봉황궁의 마차란 말씀입니까?"

"육십 년 전에 나타났다는 말을 듣긴 했다만, 이렇게 직접 보기는 이 땡추도 처음이다."

봉황궁(鳳凰宮).

밀천십지 중 하나로 여인만 제자로 삼으며 남자는 하인으로 부린다는 곳이다. 정도도 마도도 아닌, 그저 여인들의 낙원을 만들기 위해 살아가는 여인들.

봉황차를 바라보던 사도무영의 눈빛이 싸늘하게 식었다.

마침내 밀천십지 중 아홉 번째 세력이 나타났다.

저들은 누구를 위해서 검을 들 것인가?

그런데 봉황차를 바라보던 사도무영의 눈에서 일순간 기광이 반짝였다.

어깨를 축 늘어뜨린 채 봉황차의 뒤를 졸졸 따라가는 세 사람이 보였다.

얼굴이 퉁퉁 붓고, 여기저기 찢어진 옷을 입은 노인들. 죽지 못해 사는 사람처럼 죽을상을 하고 있는 그 노인들은, 다름 아닌 쌍혈마와 죽마였다.

'멋모르고 봉황차를 건드렸다가 된통 혼난 것 같군.'

사도관도 그들을 알아보고는 혀를 찼다.

"저 양반들, 또 못된 짓을 하다가 걸렸나 보군. 건드릴 사람을 건드려야지, 쯔쯔쯔……"

바라보는 사이 봉황차와의 거리가 십오륙 장 정도로 가까워졌다.

바로 그때, 어깨를 축 늘어뜨린 삼마 중 죽마가 사도관과 사도무영을 발견했다.

순간, 죽을상이던 그의 얼굴에 한줄기 희망의 빛이 떠올랐다.

재빨리 주위를 둘러본 그는 사도무영 일행을 향해 냅다 달리며 다급히 소리쳤다.

"이, 이보게들! 날세! 정말 오랜만이구만!"

뒤이어 거혈마와 단혈마도 사도관과 사도무영을 발견하고 죽마의 뒤를 따라서 필사적으로 뛰었다.

원수처럼 생각했던 사도관 부자가, 오늘만큼은 죽은 아들이 살아서 돌아온 것처럼 반가웠다.

"어헝! 대협, 공자! 우리 좀 구해줘!"

"이런 곳에서 자네들을 만나다니, 정말 반갑네!"

그들이 자리를 박차고 뛰쳐나가자 마차를 호위하던 여인들 중 여섯이 신형을 날렸다.

"흥! 이 도적놈들이 어딜 도망가려고!"

"늙은 음적들을 도와주는 놈들은 용서치 않을 것이다. 모두 물러서라!"

금제를 당했는지 쌍혈마와 죽마는 평소처럼 경공을 펼치지 못하고 두 다리의 힘만을 빌려 죽어라 달렸다. 하지만 그런 속력으로는 여인들을 떨칠 수가 없었다.
 봉황궁의 여인들은 곧장 쌍혈마와 죽마의 머리 위로 날아들었다.
 "흥! 어딜 도망가려고!"
 "다리를 잘라서 아예 기어가게 만들어주마!"
 세 사람은 죽음을 눈앞에 둔 사람처럼 얼굴이 회색빛으로 변했다.
 사도무영 일행과는 오 장의 거리다. 몇 걸음만 더 가면 되거늘……
 그때 장막심과 양류한이 앞으로 나섰다.
 그들은 삼마에게 특별한 적의가 없었다. 오히려 수라곡 입구에서 손을 합쳐 싸운 적이 있는 만큼 세 사람을 보자 반가운 마음마저 들었다.
 "멈추시오!"
 장막심이 먼저 소리치며 삼마를 공격하는 여인들을 막았다. 뒤이어 양류한도 검을 빼들고 여인들의 공세를 차단했다.
 "흥! 역시 네놈들은 이 노물들과 한패거리구나!"
 봉황궁의 여인들은 망설이지 않고 장막심과 양류한을 공격했다.
 그 사이 삼마는 사도무영과 사도관 앞으로 기다시피 달려갔다.
 "공자! 살려주게나!"
 "대협! 구해주시면 다시는 나쁜 짓을 하지 않겠소이다!"

그들은 금방 눈물을 흘릴 것처럼 애절한 표정으로 사정했다.

사도무영은 그들을 본 척도 않고 봉황궁의 여인들만 바라보았다.

봉황궁 여인들의 공세는 강하고 날카로웠다. 거기다 부드러움마저 섞여 있어서 상대하기가 여간 까다롭지 않게 보였다.

그러나 그뿐, 장막심과 양류한의 벽을 넘어설 정도는 아니었다.

문제는 아직 마차 주변에 있는 여인들이었다. 그 중에서도 좌우측에 서 있는 네 명의 여인은 절정의 경지에 이른 고수들이었다.

그리고 마차 안에는 그녀들보다 훨씬 강한 고수가 타고 있었다. 자신들에게 위협이 될 정도는 아니었지만.

사도무영이 바라보고 있는데, 마차 안에서 나직한 목소리가 흘러나왔다.

"뒤로 물러서라."

장막심과 양류한의 철벽처럼 단단한 방어막에 막힌 여인들은 뒤로 훌쩍 물러나서 장막심과 양류한을 노려보았다.

순간적으로 여인들의 눈빛이 잘게 떨렸다.

싸울 때는 미처 몰랐는데, 머리카락이 바람에 날리는 양류한의 얼굴은 충격, 그 자체였다.

여인들이 몽롱한 눈으로 양류한을 바라보는 사이, 마차 문이 열리고 두 여인이 밖으로 나왔다.

사십 대의 백의여인과 삼십 대의 홍의여인. 마차를 나온 두 여인은 장막심과 양류한을 거쳐 사도무영 일행을 응시했다.

먼저 홍의여인이 은은한 열기가 느껴지는 목소리로 입을 열었다.

"보아하니 저 늙은이들과 단순한 관계는 아닌 것 같은데, 어떤 관계인지 물어봐도 될까요?"

사도무영은 어깨를 으쓱 추켜올리고는 별 사이가 아니라는 투로 말했다.

"이전에 두어 번 본 사이지요."

"친한 사인가요?"

"친한 것도 아니고, 그렇다고 원수라고 하기도 어정쩡한 사이요."

"그럼 사안에 따라 그자들을 우리에게 넘겨주어도 괜찮겠군요."

"무슨 일인지 알아도 되겠습니까?"

"저 늙은이들은 저희가 모시는 분을 모욕했어요."

화사하게 느껴지는 말투. 하지만 그 안에 독벌의 침이 숨어 있다. 거부를 용납하지 않겠다는 듯.

사도무영은 무심한 표정으로 홍의여인을 바라보았다.

"여러분 일행 중 저 사람들에게 당한 분이 계십니까? 없으시다면 적당한 선에서 타협을 볼 수 있을 것도 같습니다만."

"직접적으로 당한 사람은 없어요. 하지만 저 늙은이들은 절대 용납될 수 없는 말을 했어요. 만약 우리가 공자의 부모에게 쌍욕을 한다면 공자는 참을 수 있나요?"

"물론 저는 참지 않을 겁니다."

"그럼 우리의 마음을 이해할 수 있겠군요."

"이해합니다."

사도무영이 고개를 끄덕이며 이해한다고 하자 삼마의 안색이 해쓱하게 질렸다.

"고, 공자……."

"제발 구해주시오."

사도무영은 그들을 무심한 눈으로 내려다보고는, 다시 시선을 홍의여인에게 돌렸다.

"아마 저 같으면, 혼쭐을 내서 다시는 그런 말을 할 수 없게 만들 겁니다."

"호호호, 우리의 마음을 이해해 주시니 고맙군요. 그럼 그 자들을 넘겨주세요."

"그런데……, 이 사람들을 보아하니 여러분에게 여기저기 구타를 당한 것 같군요. 혈도도 제압되었고."

"그야 혼날만한 짓을 했으니까요."

"흠, 그럼 모욕적인 말을 한 것에 대한 벌은 어느 정도 받았다고 봐야겠군요."

홍의여인이 멈칫하자 백의여인이 코웃음 치며 나섰다.

"흥! 그 정도로는 어림없어요. 저자들은 죽을 때까지 하인

봉황차(鳳凰車) 55

으로 일하며 죄를 뉘우쳐야만 해요."

"말 몇 마디 한 것 때문이라면, 좀 과한 벌 같습니다만."

"과할 것 없어요. 당신들도 말려들고 싶지 않다면 저자들을 내놓고 물러나세요."

"좋습니다. 뭐 정 그렇다면 할 수 없지요. 잘못을 했으면 그만한 벌을 받아야 하는 법이니……."

"이해해 준다니 고맙군요. 뭐하느냐? 저 늙은이들을 끌고 와라!"

백의여인이 수하를 향해 차갑게 소리쳤다.

삼마는 하얗게 질린 표정으로 사도무영과 여인들을 번갈아 쳐다보았다.

그때 사도무영이 사도관을 보며 말했다.

"아버지, 우리도 저 여인들을 끌고 다니며 하녀로 부리죠. 저 여인들이 아버지와 우리를 저 사람들과 한패로 취급하면서 모욕했으니 봉황궁주도 이해할 겁니다."

백의여인이 싸늘한 눈빛으로 사도무영을 바라보았다.

"그게 무슨 말이죠?"

"방금 말한 그대로요. 좀 전에 저 여인이 말하지 않았습니까? 만약 부모에게 욕을 하는 사람이 있다면 어떻게 하겠냐고. 그래서 나는 혼쭐을 내겠다고 했지요."

"지금 억지를 부리겠다는 건가요?"

"억지? 무슨 말인지 모르겠군요. 당신의 수하들은 분명 내

부친을 모욕했습니다. 얼토당토않은 누명을 씌우면서 말입니다. 그래서 나도 당신들이 하는 대로 하겠다는데 그게 어찌 억지란 말입니까?"

"흥! 우리가 봉황궁 사람이라는 걸 알고도 끝까지 본 궁의 행사를 막겠다는 건가요?"

"봉황궁이 얼마나 대단해서 막지 못한단 말입니까?"

"뭐라? 소란이 커지는 걸 원치 않아서 조용히 해결하려고 했거늘, 그대가 감히 주제도 모르고 본 궁을 모욕하다니. 정말 따끔한 맛을 봐야 정신을 차리겠다는 거냐?"

백의여인은 눈을 치켜뜨고 앞으로 걸어 나왔다.

걸음걸이마다 그녀의 몸에서 냉기가 풀풀 날렸다.

사도관이 그 모습을 보고는 피식 웃었다.

"저 여자가 제정신이 아니군. 감히 내 아들을 건드리려고 하다니. 봉황궁도 이제 망할 때가 된 건가?"

백의여인의 치켜떠진 눈이 사도관을 향했다.

사도관은 여전히 웃는 표정으로 한마디 덧붙였다.

"철혈신마라고 알아? 천마궁의 궁주. 그 친구도 내 아들에게는 꼼짝 못하거든."

백의여인은 어이가 없는지 입가에 실소가 맺혔다.

'이제 보니 미친놈들이군.' 영락없이 그런 표정이었다.

그녀는 서서히 웃음을 지우며 등으로 손을 뻗어 검을 뽑았다.

"본 궁을 우습게 아는 사람들의 실력이 어느 정도인지 알아봐야겠군."

장막심이 커다란 검을 앞으로 쭉 뻗으며 눈을 부라렸다.

"나하고 붙어봅시다. 나는 내 동생의 삼초지적도 되지 않는데, 나를 이기지 못하는 실력으로 동생과 겨룬다는 것은 우스운 일 아니겠소?"

순간, 장막심의 커다란 검에서 막대한 기운이 흘러나와 백의여인을 향했다.

조금 전 봉황궁의 여인들을 상대할 때와는 천양지차의 위력이 담긴 검기.

백의여인은 전신이 싸늘해지는 느낌에 온몸이 긴장되었다. 자신보다 강한 것 같지는 않지만, 약하지도 않을 듯했다.

'이 정도였던가?'

그런데 양류한이 말도 안 된다는 투로 장막심을 타박했다.

"형님, 주제를 좀 아쇼. 일초도 제대로 받지 못하면서 삼초는 무슨……"

"이거 왜 이래? 죽음을 각오하면 삼초는 받아낼 수 있다니까?"

"글쎄, 사도 형이 전력을 다하면 삼초는 어림없다니까요."

"나를 무시하는 거야?"

"무시하는 게 아니라 사실이 그렇단 말이죠. 사혈문 멸문시킬 때 못 봤습니까? 사혈문의 문주도 사도 형의 일검을 제대로 받아내지 못하고 가슴이 뚫려서 죽었잖습니까? 형님이 사혈문주 오노적보다 더 강합니까?"

"그건 그렇지만……."

장막심은 슬며시 말꼬리를 돌리고는 백의여인을 쳐다보았다.

"아무튼 나를 이기지 않고는 동생과 붙을 생각 마쇼."

백의여인은 사혈문의 문주가 사도무영의 손에 죽었다는 말을 듣고 경악한 표정을 감추지 못했다.

'그럼 이자들이 사혈문을 멸문시켰다는 철마보의 사람들인가?'

그때였다. 섭장천이 앞으로 나서며 장막심을 말렸다. 장막심이 전보다 훨씬 강해지긴 했지만 백의여인에 비하면 조금 모자라 보인 것이다.

"막심, 저 여인은 나에게 맡겨주게."

장막심은 섭장천을 째려보았다.

'왜 내 밥을 뺏어먹으려고 그래?' 꼭 그런 표정이었다.

하지만 섭장천은 물러서지 않고 장막심의 앞으로 나섰다.

"나는 섭장천이라 하오. 여기 이 친구의 말은 조금도 거짓이 아니외다. 그래도 나는 정말로 아우의 삼초를 받아낼 수 있으니 어디 나를 넘어보시오."

섭장천은 담담히 말하며 검을 빼들었다.

순간, 섭장천의 검을 타고 푸르스름한 기운이 흘렀다.

솜털이 올올이 곤두서는 느낌.

백의여인은 섭장천이 장막심보다 한 수 위의 고수임을 느끼고 입술을 깨물었다.

봉황궁의 삼령호법 중 하나인 자신이 기세에 밀리다니.

대체 이자들이 누군데 이리도 강하단 말인가? 이런 고수가 스스로 삼초지적이라 하는 저자는 얼마나 강하단 말인가?

'말도 안 돼! 믿을 수 없어!'

그녀는 이를 지그시 악물고 십성 공력을 끌어올렸다.

후우우웅.

그녀의 검에서도 서리처럼 하얀 백색의 검기가 일렁였다.

그런데 바로 그때, 마차 안에서 나직한 신음이 흘러나왔다.

"아⋯⋯."

그리고 곧 떨리는 목소리가 뒤를 이었다.

"백령은 뒤로 물러나라."

"궁주님⋯⋯."

"그분들은 네가 어찌할 수 있는 분들이 아니다. 소령, 주렴을 걷고 앞문을 열어라."

백의여인도 섭장천의 기세에 눌린 터라 더 이상 고집을 부리지 않았다.

곧 마차의 마부석 쪽 벽이 위로 올라가고 마차 안이 모두 보였다.

거대한 마차 안에는 궁장을 입은 중년부인과 이제 스물쯤 되어 보이는 여인이 앉아 있었다.

중년부인은 만개한 목련처럼 아름다운 모습이었는데, 얼굴이 창백하고 목소리에 힘이 없는 것이 몸에 이상이 있는 듯했다.

 그녀는 삼령호법 중 막내인 소령이 문을 열고 한쪽에 다소곳이 앉자, 눈을 들어 사도무영을 응시했다.

 눈이 마주치자, 조금 전의 일을 떠올린 그녀는 봉목을 파르르 떨었다.

 '인간이 어찌 그러한 기운을 지닐 수 있단 말인가…….'

 호방하게 보이는 장한과 절세미남인 청년이 엉뚱한 이야기를 나누고 있을 때, 한 줄기 거대한 기운이 마차에 스며들었다.

 거대한 기운은 당장이라도 마차를 부수고 그녀와 소령을 짓눌러버릴 것 같았다.

 대경한 그녀는 공력을 끌어올리고 다급히 대항해 보았다.

 하지만 그녀가 대적하기에는 스며든 기운의 힘이 너무 강대했다. 더구나 병으로 인해 공력의 반밖에 쓸 수 없는 그녀로선 한순간도 버티기가 힘들었다.

 맙소사! 대체 누가 이토록 엄청난 무공을 지니고 있단 말인가. 만약 이 거대한 기운의 주인이 적이라면?

 그녀의 얼굴이 해쓱하게 질려갈 무렵, 한 줄기 전음이 그녀의 귀청을 흔들었다.

 『저는 사도무영이라 합니다. 이쯤에서 멈추는 게 어떻겠습니까? 더 하시겠다면……, 제 손속의 무정함을 탓하게 될 것입니다.』

항거할 수 없는 거대한 기운은 그녀의 투지를 완전히 눌러버렸다.

평소의 오만과 도도함도 절대의 거력 앞에서는 기를 펴지 못했다.

그녀는 밖에서 들려온, 말도 안 된다 여겼던 말들이 모두 사실임을 깨닫고 자신도 모르게 고개를 끄덕였다.

순간, 그녀를 억압하던 기운이 거짓말처럼 사라졌다.

그제야 숨을 몰아쉬며 진기를 안정시킨 그녀는 시비인 소령을 시켜 문을 열게 했다. 그러자 저만치에서 뒷짐 진 채 자신을 바라보는 청년이 보였다.

더 생각할 것도 없었다. 그녀는 그 청년이 바로 자신을 초라하게 만든 거대한 기운의 주인이라는 걸 단번에 알아보았다.

중년 부인, 봉황선자 모용화민은 사도무영을 향해 담담히 입을 열었다.

"공자, 조금 전 아이들이 무례하게 군 것을 용서해 주게."

사도무영은 조용히 웃으며 대답했다.

"서로가 용서하면 조용히 무마될 일 같습니다만."

"그렇게 하겠네."

"이해해주셔서 감사합니다."

모용화민은 사도무영을 보며 마음이 착잡해졌다.

'천하에 저런 젊은이가 있었다니, 과연 세상은 넓고도 넓구

나.'

적대감을 버리자 오히려 더 많은 것이 보였다.

모용화민은 사도무영의 옆에 있는 사도관을 보고 한 번 더 놀라운 마음을 금치 못했다.

'겉으로는 평범해 보이지만, 저 사람도 엄청난 고수다. 가히 절대지경에 이른 고수. 그리고 저 중년승도……. 세상에, 평생 하나 만나보기도 힘든 절대초인이 한 곳에 셋이나 나타나다니.'

그녀는 봉황궁의 주인, 지병만 아니라면 절대의 경지에 진입했을지 모르는 고수였다. 한때는 그 벽의 바로 앞까지 간 적도 있었고.

하기에 사도관과 광효의 강함을 본능적으로 깨닫고는 싸움을 멈춘 것을 천만다행으로 생각했다.

그 사이, 백의여인과 홍의여인이 수하들을 데리고 마차 곁으로 물러났다.

여인들은 그 와중에도 양류한을 힐끔거렸다.

장막심이 그 모습을 보고는 실쭉한 표정으로 너스레를 떨었다.

"역시 사람은 잘 생기고 볼 일이라니까."

"형님!"

사도무영은 두 사람이 아웅다웅하는 소리에 피식 웃고는 모용화민에게 넌지시 물었다.

"몸이 안 좋으신 것 같은데, 어인 일로 봉황궁을 떠나 장안에 오신 겁니까?"

지금은 혼돈의 시기. 밀천십지 중 한 곳의 주인이 거처를 떠나 남행하고 있으니 그도 신경이 쓰였다.

"몸이 안 좋아서 나온 거네. 호남의 형산 어딘가에 좋은 약이 있다고 해서 그곳으로 가는 중이지."

"저 때문에 무리가 가지 않았는지 모르겠군요."

모용화민은 고개를 저었다.

"공자가 진기를 빨리 거두어서 별 이상은 없네."

"다행이군요. 부디 목적을 이루어서 몸이 완쾌되기를 기원하겠습니다."

"오늘 하늘 위에 하늘이 있다는 사실을 확실하게 알게 되었네. 그것만으로도 궁을 떠나온 보람이 있는 것 같군."

"호남으로 내려가다 보면 구천신교의 무리들과 부딪칠지 모릅니다. 시간이 아주 촉박하지 않다면, 안전한 곳으로 돌아가시기 바랍니다."

"나도 그들에 대한 이야기는 들었네. 한데 정말 그 정도로 상황이 안 좋은가?"

"하남의 서남부와 호북의 동북부는 용암이 끓어오르는 화산 꼭대기와 비슷한 상황이지요."

"으음, 공자의 말을 새겨듣겠네."

봉황차가 여인들의 호위를 받으며 떠나가자 사도무영의 눈이 삼마를 향했다.

"어떻게 된 일입니까?"

봉황궁의 하인이 되지 않았다는 사실에 감격해하던 죽마가 찔끔한 표정을 지으며 말했다.

"그냥 농담 한마디 했는데 두들겨 패지 뭔가."

문제는 그 대상이 봉황궁주였다는 점이었다. 게다가 농담이라기보다는 음담패설에 가까웠다는 것이 더 큰 문제였다.

"우와, 저 계집 끝내주는데? 저런 계집을 품고 자는 놈은 어떤 놈일까? 우리는 호박 같은 계집도 없는데 말이야."

"흐흐흐, 저런 계집이라면 하루 종일 안고 있어도 지루하지 않겠군."

죽마가 그 말을 한 직후, 봉황궁의 여인들이 세 사람을 다짜고짜 공격했다.

삼마는 이십 초도 버티지 못하고 실컷 두들겨 맞았다. 그나마 어느 선을 넘지 않아서 죽이지 않은 게 다행이었다.

사도무영은 어렴풋이 사정을 알 것도 같았다.

"단순한 농담은 아니었던 것 같군요. 저들이 분노한 걸로 봐선 봉황궁의 궁주를 모욕한 말을 한 것 같은데, 대체 언제까지 그러고 다닐 생각이십니까?"

죽마는 목을 자라처럼 집어넣고 사도무영의 눈치만 봤다.

그때 거혈마가 단혈마에게 넌지시 말했다.

"형, 우리도 저 공자를 따라다니자. 떠돌아다니는 것도 이제 지겨워."

단혈마가 눈알을 굴리며 사도무영을 힐끔거렸다.

그는 이번 일로 자신들의 한계를 분명하게 깨달았다. 하마터면 봉황궁 여인들에게 구박받으며 평생을 살 뻔하지 않았는가.

'한 번 말해볼까?'

죽마도 거혈마의 말을 듣더니 노안을 잘게 떨었다.

어느덧 육십이 넘은 나이가 되었다.

언제 이렇게 나이를 먹었을까?

갑자기 인생에 대한 회의감이 밀려들었다.

이렇게 돌아다니다 죽느니, 어느 한 곳에 정착해서 사람답게 살다가 죽고 싶다는 생각이 들었다. 눈치를 보니 쌍혈마도 자신과 같은 마음인 듯했고.

그는 사도무영을 최대한 처연한 눈으로 바라보았다.

"공자, 우리는 가족도 없고, 아는 사람도 없다네. 길거리에서 죽어도 묻어줄 사람이 없단 말이지. 해서 말인데, 앞으로 공자를 모실 테니 받아주시게."

금포쌍괴도 튀는 행동과 모습 때문에 함께 다니지 않는 판이다. 하물며 삼마와 함께 다니면 이런저런 오해를 살 게 뻔했다.

사도무영은 단호히 거절하려고 했다. 그런데 그때, 좋은 생각이 떠올랐다.

"세 분에게 한 가지 일을 맡겨보지요. 만약 그 일을 잘 처리한다면, 한 번 생각해 보겠습니다."

"무슨 일인데……?"

"곧 천마궁이 움직일 겁니다. 세 분은 천마궁으로 가서 그들의 길잡이 역할을 해주십시오."

삼마는 수십 년 동안 천하를 제집처럼 돌아다닌 사람들이 아닌가. 아마 천하에서 그들보다 지리에 밝은 사람은 거의 없을 터, 길잡이로 쓰기에 아주 적당했다.

"천, 마, 궁?"

"그, 그들이 우리를 믿을까?"

삼마는 눈을 휘둥그렇게 뜨고 사도무영을 바라보았다.

"궁주인 철혈신마에게 제가 보냈다고 하면 여러분을 믿을 겁니다."

"철혈신마를 잘 아는가?"

"제 의형입니다."

헉!

삼마는 얼굴이 하얗게 질렸다.

강하다는 건 절궁에서 두들겨 맞을 때 이미 확실하게 깨달았다. 봉황궁의 궁주를 말로 따돌리는 걸 보고 정말 대단하다는 생각을 했다.

하지만 그것은 아무것도 아니었다.

세상에, 천마궁주 철혈신마가 의형이라니!

사도무영은 그들이 생각했던 것보다 훨씬 무서운 사람이었다.
 혹시 철혈신마가 사도무영에게 꼼짝 못한다는 것도 사실이 아닐까?
 삼마는 이제 완전히 기가 죽어서 사도무영과 눈도 제대로 마주치지 못했다.
 "아, 알겠네."
 "지, 지금 바로 갈까?"
 "길이라면 우리만큼 아는 사람이 없을 거네, 걱정 마시게."

제3장

폭풍은 철마보로 모여들고

1.

구천신교가 남양 대응보에 임시총단을 설치한 지 얼마 지나지 않아 남양 일대에서 괴사가 벌어지기 시작했다.

시도 때도 없이 부녀자가 납치되었고, 살인사건이 드물던 그곳에서 하루에도 수십 명씩 죽었다.

양민들은 그 일이 구천신교로 인해 벌어진 일임을 알고 관청에 하소연했다.

"제 딸이 놈들에게 죽었습니다! 놈들을 벌해주십시오!"
"제 아들놈이 욕 한 마디했다고 목이 잘렸습니다!"
"마누라가 사라졌습니다! 본 사람들 말에 의하면 대응보에 있는 구천신교로 끌려갔다고 합니다!"

하지만 남양의 관청에선 고개를 돌리고 못 본 척했다.
남양의 양민들은 관청을 원망했지만, 차마 밖으로 대놓고 소리치지는 못했다.
그들도 아는 것이다. 남양을 다스리는 곳은 관과 군이 아니라 구천신교라는 것을. 그들이 모두 한통속이 되었다는 걸.
그렇게 남양을 완전히 휘어잡은 구천신교는 인근의 정도문파를 정리하기 시작했다.
양양진에서 남양까지 이르는 길의 좌우 백 리 이내에는 크고 작은 정도문파가 이십여 곳이나 있었다. 관원이 이십여 명에 불과한 소규모 무관도 있었고, 등주의 금검장처럼 이백 명이 넘는 곳도 있었다.
구천신교는 마도문파를 앞세워서 그들을 모조리 무너뜨렸다.
그와 더불어 마도십삼파 중 구천신교를 따르는 세력들이 마도무사들을 끌어들여 중원을 피로 뒤덮었다.
마도창궐!
중원의 중심인 하남과 호북의 수십 개 중소 정도문파가 무너지고, 수천의 정도문파 제자들이 그들에게 대항하며 피를 뿌렸다.
마도문파들은 그들의 피를 먹고 점점 더 세력을 확장했다.
공포가 전 중원을 태풍처럼 휩쓸었다.

강호무림 수백 년 만에 찾아온 혼돈의 시기!

그런데 그 어디에도 정천맹은 보이지 않았다.

심지어 구파오가조차 자신들의 안위를 지키기에 급급했다.

소림은 침묵하고, 남궁세가는 마종문이 합비로 넘어오는 것만 신경 쓰고, 팽가는 태풍의 중심에서 멀리 떨어져 있다는 이유로 적극적인 행동을 하지 않았다.

청성과 아미는 낙산장과 함께 삼월보를 상대하느라 정신이 없었고, 당문은 혈겁을 당한 후 가문의 힘이 삼 할로 줄어든 상태였다.

화산과 종남은 천마궁이라는 강적이 옆에 있어 함부로 움직이지도 못하고, 점창과 공동과 곤륜은 거리가 너무 멀어 아무런 도움도 되지 못했다.

결국 모든 화살은 정천맹으로 향했다.

여기저기서 정천맹에 대한 원망의 소리가 나오기 시작했다.

하지만 그 와중에도 정천맹은 절망하지 않았다.

정의와 의협을 지키겠다는 무사들이 정천맹으로 꾸준히 몰려들고 있었다. 아직 희망을 포기할 때가 아닌 것이다.

청무진인은 구파오가를 닦달해 정천단의 나머지 인원을 요청했다.

"맹주로서 명을 내리겠소! 각 문파는 정천단의 단원들을 속히 정천맹으로 보내도록 하시오!"

여주까지 빼앗기면 낙양과 숭산이 지척이다. 낙양과 숭산이 무너지면, 중원의 중심이 구천신교의 손아귀에 들어가고, 전 강호의 정파가 숨을 쉴 수 없을 것이었다.

"진정 천하의 정도가 무너지는 걸 원치 않는다면 무사들을 보내시오! 나 하나 살자고 힘을 아낀다면, 결국 모두가 죽는 결과가 올 것이오!"

그렇게 폭풍의 회오리는 점점 더 세력을 키우며 중원을 뒤덮었다.

2.

천마궁은 영천검문에서 철수해 석천으로 물러났다.

그 와중에 포검산장에서 있었던 회의결과가 알려지자, 천마궁도 전체가 술렁였다.

심지어 절대복종을 맹서(盟誓)했던 천마궁의 수뇌부 중에서도 상당수가 내심 불만 섞인 마음을 표출시켰다.

용검회와의 싸움에서 순순히 물러선 것도 조금은 불만이었지만, 사도무영의 말 몇 마디에 천마궁을 움직이겠다고 한 결정도 너무 성급하게 느껴진 것이다.

정천맹을 돕다니! 그게 말이 되는 소리란 말인가?

천마궁이 비록 패를 추구한다지만, 그 본질은 마에 있다. 정천맹과는 그 본질 자체가 다른데, 무슨 영화를 누리겠다고 그들을 돕는단 말인가.

"나중에 뒤통수나 맞지 않으면 다행이지."
"놈들은 우리가 돕겠다고 해도 반가워하지 않을 걸?"
"우리가 왜 그 자식들 때문에 목숨을 걸어야 돼?"
"차라리 구천신교를 도와서 정천맹을 무너뜨리는 게 낫지 않을까?"

위지양도 수하들 사이에서 오가는 말을 모르지 않았다.
그는 사도무영과 약속을 할 때부터 이런 일이 벌어질 거라는 걸 이미 짐작하고 있었다.
정천맹을 돕지 않겠다고 한 것도 그래서였고, 사도무영에게서 다른 확실한 이유를 들으려 한 것도 그래서였다.
자신마저 알 수 없는 기분에 마음이 흔들리려고 하는데, 마도의 길을 걷는 수하들은 오죽할까.
그는 석천으로의 이동이 완료되자 수뇌부들을 소집했다.
자신이 결정했으니 정리하는 것도 자신이 해야 했다.

위지양은 천마궁의 주요 수뇌부가 모여 있는 대전을 죽 둘러보았다.
백궁명과 오신마를 비롯한 백마 중 열 명, 혁거붕을 비롯한 장로 열 명, 각 단체의 수장들까지 모두 서른세 명이 형형한 안광을 빛내며 자신을 바라보고 있었다.

"들어서 알겠지만, 본인은 아우를 돕기로 했소. 그 일에 대해서 이견이 있는 사람은 말을 하시오. 무슨 말이든 좋소. 오늘 이 시간만큼은 그 어떤 말을 해도 죄를 묻지 않을 터이니, 허심탄회하게 말해보시오."

백궁명이 먼저 입을 열었다.

"천마궁의 하늘이신 궁주께서 결정하신 사안입니다. 저희들은 따를 뿐이지요."

"본인은 마음이 따르지 않는 복종을 원치 않소. 그러니 마음이 내키지 않는 사람은 데려가지 않을 생각이오. 단 함께 가기로 하면, 그때부터는 어떤 이견도 용납지 않을 터, 하고 싶은 말이 있으면 지금 이 자리에서 하시오."

둘러앉은 천마궁의 수뇌부들은 서로의 눈치를 보았.

그때 오신마 중 하나인 여문량이 넌지시 입을 열었다.

"저기, 궁주, 진정 정천맹을 도와 구천신교를 상대하실 겁니까?"

"정천맹을 돕는 것이 아니라 내 아우를 돕겠다는 거요."

"결국 그게 그거 아닙니까?"

"만약 내 아우가 정천맹을 치겠다고 하면, 나는 정천맹을 칠 거요."

촌각의 망설임도 없는 위지양의 말에 여문량은 더 이상 토를 달지 않았다.

적이나 다름없는 정천맹을 돕는 것 같아 기분이 찝찝했는데, 사도무영이 원하면 정천맹도 치겠다고 한다. 하거늘 무슨 말이 더 필요하랴.

"궁주님의 마음이 그러시다면야……."

그러자 이번에는 유마 복진이 입을 열었다.

"궁주, 사도 공자의 뛰어남이야 일전에 보았으니 의심할 바가 없습니다만, 그렇다 해도 너무 끌려가는 것이 아닌지 모르겠습니다."

"아우는 나에게 있어 소중한 사람이오. 하나 그 이전에, 아우의 의견이 내 마음을 움직였기에 돕겠다는 것이오. 아마 아우의 의견이 옳지 않았다면, 나는 그 당시에 단호히 거부했을 것이오."

복진이 더 이상 질문을 하지 않자, 묵묵히 앉아 있던 장로 중 하나가 투덜거리듯 말했다.

"저희가 아무리 좋은 마음으로 도와줘도 정천맹 놈들은 저희를 동료로 보지 않을 겁니다. 아니 동료는커녕 거꾸로 검이나 겨누지 않으면 다행이죠. 그래도 그들과 함께 구천신교를 치는 게 옳다고 보십니까?"

그는 칠사 중 하나인 광혼사(狂魂邪) 오원생으로, 장로들 중 혁거붕에 이어 이인자라 할 수 있는 자였다.

위지양은 오원생에게 시선을 고정시키고 묵직한 목소리로 말했다.

"그에 대해선 나름대로의 생각이 있소. 본인은 무턱대고 나서서 정천맹을 돕겠다는 게 아니오. 그리고 본인 역시, 정천맹을 그리 좋아하지 않소. 그들이 거꾸로 검을 겨눈다면, 본인이 먼저 나서서 그들에게 천마궁의 위엄을 확실하게 보여줄 거요."

정천맹이 허튼짓을 하면 가만두지 않겠다는 말이다.

오원생은 실처럼 가느다란 입술을 혀로 핥으며 어깨를 으쓱했다.

그때 조용히 앉아 있던 혁거붕이 나직이 물었다.

"그 와중에 본궁이 위험해지는 일이라도 발생한다면 어찌하실 생각이십니까?"

"그거라면 여기서 약조할 수 있소."

위지양은 말을 잠시 멈추고 사람들을 둘러보았다.

그의 전신에서 흘러나온 기운이 대전을 질식시킬 것처럼 짓눌렀다.

두 줄로 앉아 있던 천마궁의 수뇌부들은 자신도 모르게 숨을 멈추고 위지양을 쳐다보았다.

갑작스런 침묵. 침 삼키는 소리조차 들리지 않았다.

곧 위지양의 목소리가 정적을 깨며 이어졌다.

"만약 그런 일이 벌어진다면, 나는 아우가 말려도 이곳으로 돌아올 것이오. 나에겐……, 본궁의 사람들 역시 아우만큼이나 소중하니까 말이오."

무겁게 고개를 끄덕이는 혁거붕의 입가에 자잘한 미소가 피어났다.

'허허허, 궁주의 그 점 때문에 내가 이 자리에 있는 거라오.'

좌중에 앉아 있던 천마궁의 수뇌부들도 멋쩍은 표정을 지으며 서로를 돌아다보았다.

아우만큼이나 소중한 사람들.

그리 특별한 말도 아닌 것 같았다. 그런데 이상하게 가슴이 뜨거워지고, 목구멍에 뭔가가 걸린 듯했다.

"커험, 거 내가 뭐라 했나? 궁주님은 기분 내키는 대로 행하는 분이 아니라니까."

오신마 중 한 사람인 무단강이 헛기침을 하며 좌우를 둘러보았다.

옆에 앉아 있던 큰 덩치의 중년인이 그를 째려보았다. 역시 오신마 중 한 사람인 초궁이었다.

"언제는 너무 쉽게 결정한 것 같다며?"

"이 사람이? 내가 언제 그랬나?"

"그럼 내 귓속에 까마귀가 집이라도 지었단 말인가? 분명 그렇게 들었는데 무슨 소리야?"

"안 그랬다니까!"

탕탕!

백궁명이 탁자를 치며 눈을 부라렸다.

"어허, 지금 여기가 싸울 자린가? 싸우고 싶으면 나가서 싸우게. 구경은 해줄 테니까."

 장로와 호법들은 그 상황을 즐겼다. 가슴이 먹먹해서 어색했는데 잘 되었다는 듯.

 "우리 내기할까? 나는 초궁에게 은자 두 냥을 걸지."

 "그럼 나는 무단강에게……."

 "사지 중 하나를 자르면 두 배, 목을 자르면 세 배 주기로 하세."

 "그럼 심장을 터트리면……?"

 웅성웅성…….

 크기만 다를 뿐 대부분이 조금씩은 불만을 가지고 있었다.

 그래도 차마 말은 못하고 속으로 꿍하고 있었는데, 궁주의 말을 듣고 보니, 답답하던 가슴이 뚫린 기분이 들었다. 그리고 왠지 모르게 미안한 마음이 들었다.

 자리에서 일어난 혁거붕이 그들의 마음을 대변이라도 하듯 위지양에게 포권을 취하며 허리를 깊숙이 숙였다.

 "궁주의 깊은 마음을 미처 헤아리지 못했소이다. 어리석은 수하들을 용서해주시구려."

 앞서서 내기에 열중하던 수뇌부들이 부리나케 일어나 허리를 숙였다.

 "용서해주십시오, 궁주!"

 "무조건 따르겠나이다!"

 "궁주! 멍청해서 그런 것이니 용서해주십시오!"

"궁주의 명이라면 불길이라도 뛰어들겠습니다!"
"그런 맹서를 하고도 궁주의 진의를 의심했으니 죽어 마땅합니다! 이번 한 번만 봐 주십쇼!"
"궁주!"
위지양은 허공에 대고 손을 저었다.
죄를 청하던 수뇌부들의 입이 일제히 닫혔다.
위지양은 확실하게 못을 박았다.
"말했다시피 더 이상 그 일에 대한 불만은 용납지 않겠소."
백궁명이 허리를 펴고 수뇌부를 돌아다보았다. 그의 두 눈에서 분노의 불길이 일렁였다.
"오늘은 궁주님께서 선처하셨으니 참겠소. 하지만 앞으로 궁주님의 뜻을 거역하는 자는, 나 백궁명이 먼저 용서치 않을 것이오."
위지양이 담담히 웃으며 백궁명의 분노를 가라앉혔다.
"그 정도면 알아들었을 것이니 진정하시오."
그때였다.
밖에서 소란스런 소리가 들렸다. 제법 먼 것 같은데도 대전 안이 워낙 조용하다 보니 확실하게 들렸다.
"궁주! 사도무영 공자의 명을 받고 왔소이다! 우리를 만나 주시오!"
"이 미친 영감들이……!"
"조용히 하지 못할까! 여기가 어디라고 시끄럽게 떠드는 거냐!"
"정말이라니까? 우리는 사도 공자의 명으로 궁주님을 만나러 왔단 말이야!"
"왜 때려! 형 말은 거짓말이 아니다!"
위지양은 사도무영이라는 이름이 나오자 밖을 향해 말했다.
"그 사람들을 안으로 들여라!"

3.

사월이 시작될 무렵, 사도무영은 철마보로 돌아왔다. 사도관과 나민, 단학, 광효와 공이, 섭장천 일행이 그와 동행했다.

청운표국의 표사들은 일단 안경으로 돌려보냈다.

그들의 현재 실력으로는 도움이 되기보다 죽지 않으면 다행이었다. 천화문의 제자가 되자마자 죽게 만들 수는 없는 일이 아닌가.

사도무영은 그들에게 정천맹과 구천신교의 싸움이 끝난 후 천보장으로 찾아오라고 했다.

정천맹이 이기면 다행이고, 지면 천보장을 도울 사람이 필요했다. 또한 천화문의 맥을 이을 사람도.

그들은 아쉬워하면서도 사도무영의 말을 이해하고 안경으로 떠났다.

그리고 그 다음 날, 무당에 있던 만소개가 돌아왔다. 정보에 취약한 상황을 아쉬워하던 사도무영에겐 반가운 일이었다.

"몸은 좀 어떻소?"
"여기저기 긁힌 자국이 좀 있긴 하지만 움직이는 데는 아무 지장이 없습니다요."
거기다 공력도 전보다 높아져서 이제 사부인 철표개가 쇠로 된 표주박을 들고 쫓아와도 잡히지 않을 자신이 있었다.
사도무영도 그걸 알아보고 마음이 편해졌다.
"당장 알아봐줄 일이 몇 가지 있는데, 괜찮겠소?"
만소개는 씩 웃었다.
"말씀만 하십쇼."
"모든 정보망을 동원해서 놈들의 전력에 대한 걸 자세히 알아봐 주시오."
만소개가 개방 총단으로 가지 않고 철마보로 온 이유는 하나였다.
정천맹이 형편없이 밀리는 상황, 사도무영이라면 뭔가 전환점을 만들 수 있을 거라 여긴 것이다.
한데 아니나 다를까, 철마보의 분위기는 그가 생각한 것 이상으로 고조되어 있고, 사도무영은 이미 구천신교와 싸울 준비를 하고 있었다.
'그래, 이 사람이라면 구천신교를 이길 수 있을 거야!'

불끈 힘이 솟은 만소개는 타구봉을 움켜쥐고 결연하게 대답했다.

"알겠습니다요. 개방의 거지들을 모조리 동원해서 알아보겠습니다요."

개방에는 다른 문파에 없는 특이한 직책이 하나 있었다.

전서구를 대신한 전서개(傳書丐)가 바로 그것이었는데, 그들은 천 리 이상 떨어진 곳에도 단 하루 만에 소식을 전할 수 있었다.

그들을 이용한다면, 어떤 세력보다 빠르고 정확한 정보를 취할 수 있을 것이었다.

만소개가 떠난 뒤 사도무영은 장막심과 양류한은 물론이고 수라곡 사람들의 무위를 높이는 데 전심전력을 기울였다.

특히 수라단원들은 심장이 터지기 직전까지 몰아붙였다.

이제 전쟁이 코앞으로 닥쳤다. 전쟁이 시작되면, 흘린 땀의 양만큼 목숨을 보전할 수 있을 것이었다.

당장은 힘들다며 원망할지 몰랐다. 하지만 전쟁이 끝났을 때 한 사람의 얼굴이라도 더 볼 수 있다면, 그런 원망쯤은 얼마든지 들어줄 수 있었다.

수라단원들은 시간만 나면 욕설을 퍼부어댔다. 오직 그것만이 인생의 유일한 낙이라도 되는 듯.

"아예 죽이쇼, 죽여, 쓰바."
"헥, 헥. 차라리 날 수라곡으로 보내줘!"
"남자새끼들이 그걸 못 참아?"
"쓰벌, 미고 너는 아래 달린 것이 없으니까 덜 지치지."
"웃기고 있네. 대신 위에 살덩이가 두 개나 달렸잖아."
"절벽에 살짝 튀어나와 있는 게 뭐가 무겁다고……."
훌러덩.
미고는 웃옷을 활짝 젖히고 교상을 다그쳤다.
"교상, 이게 안 무겁게 보여?"
"지미, 그런다고 옷을 벗냐? 볼 것도 없고만."
교상은 슬그머니 고개를 돌렸지만, 다른 사람들, 특히 수라 십이살에 속했던 자들은 환호를 내지르며 눈을 반짝였다.
"와우! 미고, 날도 더운데, 계속 그러고 있어라!"
"호호호, 보기 괜찮아? 좋았어, 오늘 너 나랑 같이 자자. 내가 시원하게 안마해 주지."
"헉, 그건 싫은데?"
"뭐? 싫어? 그럼 왜 봐!"
그때 적도광이 소리쳤다.
"휴식 끝! 이제부터 각자 상대를 택해서 비무를 벌인다! 령주께서 이기는 사람에게 술 한 병씩 주신다고 하셨다! 지는 사람은 구경이나 하고 나중에 맹물이나 들이켜라!"
순간, 죽을 것처럼 축 처져 있던 수라단원들은 눈에서 형형

한 안광이 번뜩이며 벌떡벌떡 몸을 일으켰다.

미고가 제일 먼저 상대를 골랐다.

"너, 이리 와! 내가 싫다고? 어디 한 번 죽어봐라!"

"교상! 너는 나와 싸우자!"

"싫어! 너는 왜 나만 가지고 그러는 거냐, 막도!"

"다 너를 위해서 그러는 거야, 교상!"

"심심하면 뒤통수 갈기는 놈이 나를 위한다고? 웃기는 소리 하네! 나는 다모랑하고 붙을 거야!"

"이런 배신자!"

막도와 교상이 티격태격하는 사이, 다른 사람들은 각자 상대를 고르고는 철천지원수처럼 서로를 향해 달려들었다.

사도무영은 팔짱을 낀 채, 수라단원들의 실전이나 다름없는 비무를 무심한 눈으로 바라보았다.

이제 사흘이 지났다. 수련으로 치면 그리 길지 않은 시간.

그 사이 수라단원들의 독기가 더욱 짙어졌다. 그리고 수라 십이살에 속했던 자들과 알게 모르게 그어져 있던 선이 거의 다 사라졌다.

본인들도 모르는 사이 일어난 이 변화로, 결정적인 위기에서 최소한 한 번쯤은 더 살아날 수 있을 것이다.

'일단 한 가지 목적은 이루어졌고……, 내일부터는 개별적인 능력을 키우는 데 집중해야겠군.'

4.

사도무영 일행이 철마보로 돌아온 지 칠 일째 되던 날.

새벽 어스름이 물러갈 즈음, 철마보의 정문을 지키던 위사들은 눈을 휘둥그렇게 뜨고 잔뜩 긴장했다.

저만치, 백 명이 넘는 무인들이 철마보의 정문을 향해 몰려오고 있었다.

그런데 그 광경이 마치, 거대한 산악이 통째로 밀려오는 듯했다. 철마보를 단숨에 뒤집어엎을 것처럼!

"빨리 안으로 들어가서 알려라! 정체불명의 고수들이 몰려온다고 해!"

정문위사를 지휘하는 왕대호는 호랑이 눈을 부릅뜨고 소리쳤다.

오기로 예정된 손님이 없는 것은 아니었다. 하지만 지금은 손님이 오기에 적당한 시간이 아니었다.

오는 자들이 만에 하나 손님이 아닌 적이라면?

지금은 구천신교로 인해 세상이 혼란스런 시기. 긴장을 늦출 수 없었다.

'내 시신을 밟지 않고는 안으로 들어갈 수 없을 것이다!'

왕대호는 언젠가 들어본 유명한 말을 속으로 되뇌며 두 발에 힘을 주었다.

귓전에 낭랑한 목소리가 들린 것은 바로 그때였다.

"나는 한중에서 온 위지양이라고 하네. 아우를 만나러 왔네."

한중의 위지양!

왕대호는 그 이름의 의미를 깨닫고는 후들거리는 다리를 간신히 진정시켰다.

'처, 철혈신마다! 정말 천마궁의 고수들이 왔어!'

그는 얼어붙은 입을 억지로 떼어서 수하에게 다시 명을 내렸다. 사도무영이 미리 지시한 대로.

"사도 공자께 한중에서 손님이 오셨다고 말씀드려라!"

사도무영은 연락을 받고 바로 거처를 나왔다.

새벽이어서 사위가 조용했다.

후원을 나서려는데 섭장천이 다가왔다. 최근 들어 밤낮을 가리지 않고 수련에 열중이더니, 오늘 역시 새벽 일찍 일어나 수련을 하던 중인 듯했다.

"아우, 천마궁 사람들이 왔다며?"

"예, 형님. 함께 가시죠?"

"그러세."

섭장천과 함께 월동문을 나선 사도무영은 정문을 향해 걸어가며 지나가듯이 물었다.

"무슨 걱정이라도 있습니까?"

섭장천의 얼굴에 씁쓸한 표정이 떠올랐다. 그는 서너 걸음을 더 걸은 후에야 담담해진 목소리로 입을 열었다.
"벽이 앞에 있는데 쉽게 무너지지 않는군."
사도무영은 동쪽 하늘에서 어슴푸레 밝아오는 여명을 바라보며 말했다.
"태양이 힘들게 떠오르는 것 같아도 알고 보면 당연한 이치일 뿐이죠. 방해하는 것도 없고, 누가 억지로 누르는 것도 아니고……. 처음부터 벽은 막을 생각이 없는데, 사람들이 벽에 너무 얽매이다 보니 넘어서지 못하는 것 같더군요. 물론 느닷없이 그 벽을 넘을 수는 없겠죠. 태양도 때가 되어야 떠오르듯이."
"내가 너무 벽에 집착한다는 건가?"
"집착할 이유도 없고, 집착할 것도 없습니다. 그 벽은 결국 형님의 마음속에 있는 것, 형님이 만든 것이니까요."
섭장천의 이마에 주름이 그어졌다.
"어렵군."
"억지로 가려 하지 말고, 가고자 하는 마음에 그냥 맡겨보세요. 그러면 언젠가는 그 벽이 뒤에 있을 겁니다."
"자네도 그랬나?"
"저요? 글쎄요. 저는 운이 좋았나 봅니다. 그저 묵묵히 갔을 뿐인데, 언젠가 보니 벽이 보이지 않더군요."
사도무영은 담담히 말하고 조용히 웃어주었다.
섭장천은 허공에 시선을 고정시키고 묵묵히 걸음을 옮겼다.

뭔가가 잡힐 듯 말듯 머릿속에서 맴돌았다.

그렇게 걸어가는 사이 정문 바로 안쪽의 대연무장이 보였다. 천마궁 사람들은 모두 그곳에 모여 있었다.

사도무영은 그곳을 향해 빠르게 다가가며 마지막으로 한마디 더했다.

"검을 내려놓고 수련해 보세요. 도움이 될지도 모르니까요."

섭장천은 아무 말 없이 보일 듯 말듯 고개만 끄덕였다.

천마궁의 인원은 위지양과 백마 중 칠십칠 명, 열두 명의 장로, 멸천단 스물여덟 명 등 모두 일백열여덟 명이었다.

사도무영이 대연무장으로 들어설 즈음, 사공강과 사공청을 비롯한 철마보의 주요인물들이 맞은편에서 빠르게 다가왔다.

사도무영은 위지양을 향해 똑바로 걸어갔다. 한쪽에 서 있던 삼마가 그를 보고 활짝 웃어 보였다.

'우리 잘했지?' 그런 표정으로.

사도무영은 삼마를 향해 고개를 끄덕여 보이고는, 환한 표정으로 위지양에게 다가갔다.

"어서 오십시오, 형님."

"잘 지냈나?"

"저야 뭐……. 오시는 길에 별 이상은 없었습니까?"

위지양이 슬쩍 삼마를 돌아다보며 말했다.

"저 사람들 덕분에 여기까지 오는 동안 사람 구경을 제대로 못했다네. 정말 생각지도 못한 길을 다 알고 있더군."

사도무영은 만족한 웃음을 지었다.

삼마에게 천마궁의 길잡이 역할을 시킨 것은 잘한 선택이었다. 천마궁의 움직임이 완벽하게 감춰진 것과 드러난 것은 훗날 천양지차의 결과를 가져올 것이었다.

그때 사공강이 옆에 도착했다.

사도무영은 위지양에게 사공강을 소개시켰다.

"여기 이분이 철마보의 주인이신 사공 보주이십니다. 인사하시죠."

사공강이 한 걸음 앞으로 나오며 포권을 취했다.

"사공강이라 하오, 궁주."

"위지양입니다. 일전의 일은 제가 사과드리지요."

"별말씀을……."

천하 마도의 새로운 태양인 철혈신마가 사과를 한다. 가볍지도, 무겁지도 않은 적당한 무게의 말투.

사공강은 가슴이 뜨거워지는 한편, 경악을 금치 못했다.

철혈신마의 강함은 귀가 따갑게 들은 터였다. 사도무영을 보며 그의 강함을 추측해 보기도 했다. 그러나 직접 마주친 위지양은 그가 짐작했던 것보다 훨씬 더 위에 있었다.

'과연 철혈신마로다!'

사공강은 가슴 속에 남아 있던 약간의 감정찌꺼기를 모두 털어버렸다.

철혈신마 위지양은 오만할 자격이 있는 사람이었다.
그때 백궁명과 혁거붕이 앞으로 나서며 포권을 취했다.
"백궁명이라 하외다. 전에 자제분이 왔을 때 나서지 않고 구경만 한 것이 후회막심이구려. 세상에 나온 지 얼마 되지 않아서 사공 보주가 진짜 무사라는 걸 미처 몰랐소이다. 진즉 알았다면 보주 같은 분을 사도 공자께 뺏기지 않았을 텐데 말이오, 하하하."
반쯤 농담이 섞인 백궁명의 말에 사공강은 쓴웃음을 지었다.
하지만 감정의 찌꺼기를 털어버린 이상 백궁명의 농담을 못 받아들일 것도 없었다.
"그렇게 봐주셔서 고맙소이다."
이번에는 혁거붕이 담담한 표정으로 자신을 밝혔다.
"이 늙은이는 태백산의 혁거붕이라 하네."
사공강은 위지양과 마주했을 때만큼이나 경악했다.
태백마도 혁거붕. 칠사팔마의 첫째 둘째를 다투는 마도의 거인이 바로 그인 것이다.
"후배 사공강이 혁 선배께 인사드립니다."
"허허허, 본 궁이 일어나기 전까지, 섬서의 진정한 마도는 철마보뿐이라는 말을 들었지. 너무 늦게 만난 것이 아쉽군."
"과한 칭찬이십니다."
그렇게 수뇌들끼리 인사를 나누는 게 대충 마무리되자, 사도무영이 나서서 마무리를 지었다.

"자, 안으로 들어가시죠, 형님. 아버지를 만나 뵈야죠."
"그러세."
사도관은 나오지 않았다.
아버지가 아들을 문밖까지 나와서 맞이하는 법이 어디 있냐는 게 그의 생각이었다.
'천마궁주가 별거야?'
천하의 천마궁주도 그의 아들이다. 친아들은 아니지만. 그러니 당연히! 천마궁주가 그를 찾아와야 했다.
그리고 광효가 나가려는 건 공이대선사가 한마디로 틀어막았다. 나가봐야 분위기만 깰 뿐이었다.

"미친놈, 네놈이 나가봐야 싸움밖에 더 하겠느냐? 잠이 안 오면 이 땡초가 잠들 때까지 염불이나 외어라."

광효는 염불을 외기로 했다. 광기를 잠재우기에는 그만한 것이 없었다.

5.

용천전주 순우겸과 용화전주 순우종이 이끄는 포검산장의 검사들이 도착한 것은 천마궁 사람들이 도착한 그날 오후였다.

일백에 달하는 그들은 최정예인 금룡검사와 은룡검사가 주축이었다.
역시나 사도무영이 몇 사람과 함께 그들을 맞이했다.
용검회 사람들은 천마궁 사람들과 달리 딱딱한 표정이었다. 마치 억지로 끌려온 사람들처럼.
사도무영은 그들의 마음을 알기에 담담한 표정으로 간단하게 서로를 인사시켰다.
순우만은 보이지 않았는데, 순우겸의 말에 의하면 이십여 명이 나중에 합류할 거라 했다.
그런데 인사가 거의 끝나갈 무렵, 한 사람이 순우겸 뒤에서 나오더니 사도무영을 향해 포권을 취했다.
이십 대 후반으로 보이는 나이. 어디 내놓아도 귀공자 소리 들을 만큼 준수하게 생긴 자였다.
"순우진이라 하오."
사도무영의 무심한 눈에서 이채가 번뜩였다.
'이자가 순우진? 주화입마 때문에 치료 중이라더니, 그게 아니었나 보군.'
동방경도 이런저런 핑계를 대고 폐관수련하며 옥룡검을 익혔다. 그런데 순우진도 주화입마를 당했다는 소문과 달리 폐관수련하며 절대의 검을 익힌 것 같다.
용검회의 양대 세력이 후계자의 존재를 숨기기 위해 머리싸움을 벌였다는 생각을 하니 속으로 실소가 나왔다.

그러나 어쨌든 포검산장과 벽검산장의 머리싸움은 자신이 알 바 아니었다. 그로선 그저 고수 하나가 늘었다는 것이 반가울 뿐.

"사도무영이라 합니다."

"말은 많이 들었소. 이렇게 직접 만나게 되어서 반갑소."

"소문은 과장된 것이 많은 법이지요."

두 사람의 눈빛이 마주친 순간, 순우진의 표정이 무겁게 가라앉았다.

들었던 말과 달리 특별하게 강하다는 느낌이 들지 않았다. 그래서 더 마음이 무거웠다.

자신이 무위를 가늠할 수 없을 만큼 강한 자란 말인가?

부정하고 싶었다. 하지만 집안의 어른들이 모두 잘못 볼 리도 없고, 이곳에 모인 사람들이 우매해서 사도무영을 따르고 있다는 것도 말이 되지 않았다.

'한 번 시험해 볼까?'

그러다 밀리면?

갈등이 일었다. 하지만 오래 가지는 않았다.

보는 사람이 너무 많다. 상황도 좋지 않고. 더구나 이겨도 좋지 않고, 지면 더욱 더 좋지 않은 결과가 될 것이다.

'일단 두고 보자, 시간이 지나면 알게 되겠지.'

사도무영은 순우진의 마음을 단번에 간파했다.

'시험해 보고 싶은데 갈등이 이는가? 보기보다 생각이 깊군.'

어쩌면 소심해서 그런 것일지도 모르고.

좌우간 지켜보면 알 일. 사도무영은 몸을 돌려 사공청을 바라보았다.

"사공 형, 쉴 곳은 마련되어 있겠지요?"

"물론입니다. 저를 따라오시지요."

사도관은 포검산장의 사람들이 도착했다는 말을 들었지만, 역시 나가지 않았다.

'나가면 천마궁 사람들이 차별한다고 할 거 아냐? 더구나 둘째 어르신도 오지 않았다는데 뭐.'

그렇게 생각한 그는 정원의 구석진 곳에서 따사로운 햇살을 즐기며, 포검산장 사람들이 들어오는 것을 흐뭇한 표정으로 바라보기만 했다.

마누라 치마폭 안에서 눈치나 보고 살던 때가 불과 몇 년 전이다. 그랬던 자신이 이제는 폭풍의 중심에 서서 천하가 돌아가는 상황을 지켜보고 있다.

격세지감(隔世之感)을 느끼지 않을 수 없었다.

'흠, 남자는 역시 갇혀 지내면 안 돼. 천하를 종횡하며 큰 꿈을 가져야 해. 바로 나처럼. 음하하하!'

그가 한껏 즐거워할 때였다. 언뜻 순우연이 포검산장 사람들과 함께 지나가는 것이 보였다.

순우연을 발견한 그는 손을 들어 올리며 소리쳤다.

"이게 누구야? 어이, 순우연! 하하하, 자네도 왔군!"

즉시 사도관 앞으로 달려온 순우연은 밝은 표정으로 고개를 숙였다.

"그간 잘 지내셨습니까, 사도 대협?"

"하하, 나야 그렇지 뭐."

사도관은 사윗감 후보를 반갑게 맞이했다.

'흠, 사윗감으로 이만하면 충분하지 뭐. 교교도 싫어하지 않을 거야.'

그때였다. 순우연이 무슨 큰 공을 세운 사람처럼 눈을 반짝이며 말했다.

"대협께 멋진 별호가 생겼는데, 혹시 들어보셨습니까?"

사도관은 의아한 표정으로 되물으며 눈을 깜박였다.

"멋진 별호?"

"예, 장안 일대의 무사들이 대협을 신룡검협(神龍劍俠)이라고 부르고 있습니다."

"신, 룡, 검, 협?"

사도관의 입이 함지박 만하게 벌어졌다.

"뭐 그런 낯간지러운 별호를……. 하, 하, 하!"

"저희 용검회가 어려울 때 도와주셨는데 그 정도 별호는 당연한 거지요. 게다가 철혈신마와 대등하게 겨루지 않았습니까?"

"험, 뭐 그건 그렇지. 좌우간 자네가 그리 말하니 나도 기분은 좋군."
 좋은 정도가 아니었다.
 '마누라가 들으면 어떤 표정일지 궁금하군. 흐흐흐흐…….'
 그는 입이 찢어지려는 것을 겨우 참고 최대한 무게를 잡았다.
 "그건 그렇고, 조부님의 병환은 좀 어떠신가?"
 "전보다 많이 좋아지셨습니다."
 "정말 다행이군."
 그때 한 사람이 용검회의 고수들 속에서 빠져나와 사도관에게 다가왔다.
 사도관은 눈알만 돌려서 다가오는 자를 바라보았다.
 얼굴은 순우연과 많이 닮아 보였는데, 기세는 순우연과 완전히 딴판이었다.
 '누구지? 포검산장에 저런 놈이 있었나?'
 그의 궁금증을 풀어주겠다는 듯 순우진이 먼저 입을 열었다.
 "아우, 그분이 신룡검협 사도관 대협이신가?"
 순우진은 순우연에게 물으며 사도관을 응시했다.
 "예, 형님. 대협, 제 형님이십니다."
 "순우진이라 합니다."
 사도관의 눈빛이 반짝였다.
 "순우진? 순우겸 전주의 첫째아들이고, 여기 순우연의 형인 그 순우진?"
 말투가 조금 묘하다. 어떻게 들으면 비꼬는 것처럼 들리기도 하고.

　순우연은 어색한 표정을 지으며 대답했다.

"그렇습니다, 대협."

　용검회 제일 기재인 순우진은 주화입마를 빠져서 세상에 나오지 못했다고 했다. 그런데 주화입마는커녕 절대의 기운을 지닌 것처럼 보인다.

　스슥, 재빨리 순우진의 위아래를 훑어본 사도관은 고개를 모로 꼬았다.

"몸이 안 좋다고 들었는데, 그게 아니었나 보군."

"그럴만한 사정이 있었습니다."

"무슨 사정인지는 몰라도, 산장이 공격당하고 있는 상황에서도 나오지 못한 걸 보니 아주 중요한 일이었나 보구먼."

"그렇게 이해해 주십시오. 어쨌든 밖으로 나오자마자 사도 대협에 대한 말씀은 어르신들께 많이 들었습니다. 도와주셔서 감사합니다."

"하하하, 당연한 일을 했을 뿐인데 뭐……."

"그런데 듣자하니, 아드님이 천마궁의 철혈신마와 의형제라 하던데, 사실입니까?"

"그렇다네."

"언제 한 번 그와 승부를 가리고 싶은데, 대협께서 다리를 놔주실 수 있겠습니까?"

　사도관은 순우진을 빤히 쳐다보았다.

호승심 때문일까, 아니면 포검산장이 당한 것을 복수하고 싶어서 그러는 걸까?
 어쨌든 중요한 것은, 순우진이 위지양과 한판 붙고 싶어 한다는 것이었다. 그리고 자신은 위지양의 실력을 확실하게 아는 몇 안 되는 사람 중 하나고.
 순간적으로 눈빛을 반짝인 사도관은 고개를 쑥 내밀고 나직이 물었다.
 "정말 그의 실력을 알아보고 싶은가?"
 순우진은 회오리치는 눈빛을 숨기지 않고 담담히 대답했다.
 "그렇습니다, 대협."
 "그래? 그럼 나를 따라오게."
 사도관은 두 사람에게 손짓하고 몸을 돌렸다.
 순우가의 두 형제는 서로를 바라보고는, 일단 사도관의 뒤를 따라갔다.

 사도관이 두 사람을 데려간 곳은 위지양의 거처가 아니었다. 그는 곧장 광효의 방으로 가서 넌지시 광효를 불러냈다.
 "승 형, 안에 계시면 잠깐 좀 봅시다."
 기다렸다는 듯 광효가 방에서 나왔다.
 "무슨 일인가?"
 제발 무슨 일이 벌어졌으면 하는 말투다. 목에 밧줄을 매어서 끌고 가도 고마워할 것 같은 표정.

'대선사님 앞에서 제대로 기를 못 펴니까 답답했나 보군.'
사도관은 광효가 불쌍하게 느껴졌다.
자유를 박탈당한 기분을 그가 어찌 모르랴!
그는 광효의 기분을 풀어주기로 했다.
"뭐 좀 알아볼 게 있어서 그런데, 잠깐만 따라오쇼."
광효는 의아해하며 순우가의 두 형제를 바라보았다.
찰나 간 그의 두 눈에서 광기가 번뜩였다.
사도관은 그럴 줄 알았다는 듯 몸을 돌리고 후원으로 향했다.
'정말 순진하다니까.'

사도관은 세 사람을 데리고 철마보 뒤쪽에 있는 야산을 넘어 제법 넓은 공지가 있는 계곡으로 들어갔다.
순우연은 사도관이 자신들을 구석진 계곡으로 끌고 가자 고개를 갸웃거리며 물었다.
"저, 대협, 왜 여기로 온 겁니까? 혹시 철혈신마를 이곳으로 불러내시려고……?"
사도관은 순우진을 바라보았다.
"철혈신마의 실력을 알고 싶다고?"
순우진이 눈을 좁히며 대답했다.
"그건 그렇습니다만……."
조금은 불만스런 표정. 사도관의 뜻을 눈치챈 듯했다.
하지만 사도관은 그의 마음을 아랑곳하지 않고 광효를 턱짓으로 가리켰다.

"저 사람하고 한 번 붙어봐. 그럼 철혈신마의 실력을 대충이라도 알 수 있을 테니까."

"제가 싸우고 싶은 사람은 광효대사님이 아니라 철혈신마……."

그가 미처 말을 끝마치기도 전에 광효가 나섰다.

"제법 강하게 보이는군! 빈승하고 먼저 싸워보자!"

역시나 광효는 사도관이 바라던 대로 움직였다.

사실 순우진의 실력을 시험해 보려면 자신이 나서도 충분했다. 하지만 쓸데없이 힘을 소모할 이유가 없었다.

싸우지 못해서 안달인 광효가 있는데 왜 자신이 직접 나선단 말인가. 순우진의 실력을 알아보는 것은 구경만 해도 충분한데.

"저 양반을 이기면, 철혈신마와 비무를 하게 해주지. 내 약속하겠네."

순우진의 이마에 내천(川)자가 그려졌다.

사도관을 처음 본 순간, 솔직히 그는 사도관에 대한 소문을 반신반의했다.

저렇게 어벙하게 보이는 사람이 둘째 조부보다 강하다니.

가문의 어른들은 어떻게 생각할지 몰라도 그는 인정할 수가 없었다.

그런데 광효를 보면서 마음이 조금 바뀌었다.

'고수다.'

광효의 눈빛과 마주치자 피가 끓었다.

깊숙한 곳에서 잠자고 있던 본능이 깨어나는 기분.

'좋아, 저자를 이겨서 그대에게 용검회의 위엄을 보여주지!'

순우진은 천천히 주먹을 움켜쥐고 고개를 끄덕였다.

"좋습니다. 그렇게 하지요."

그리고 광효를 향해 걸음을 옮겼다.

순간 광효의 전신에서 삼엄한 기운이 불길처럼 폭사되었다.

"아, 미, 타, 불! 빈승의 손에는 자비가 없으니 최선을 다하라!"

순우진도 검을 빼들었다.

"제 검에도 눈이 없음을 아시기 바랍니다."

두 사람은 누가 먼저라 할 것 없이 서로를 향해 몸을 날렸다. 그리고 그때부터 계곡에 때 아닌 광풍폭우가 몰아쳤다.

한편, 방으로 돌아가 차를 마시던 사도무영은 강력한 기운의 파동을 느끼고 눈을 가늘게 좁혔다.

절대 거력의 충돌.

현재 철마보에서 저러한 기운을 뿜어낼 수 있는 사람은 아무리 넉넉하게 잡아도 열을 넘지 않았다.

누가 수련을 하고 있는 걸까?

하지만 그렇게 생각하기에는 무리가 있었다. 기운은 한 줄기가 아니었으니까.

각기 다른 절대의 두 기운이 부딪쳤다는 것은 누군가가 대결을 펼치고 있다는 말.

그는 손에 들린 찻잔을 탁자 위에 내려놓고 자리에서 일어났다.

저런 일을 벌일만한 사람은 하나뿐이었다. 사도관 말이다.

문제는 두 기운 중 어느 한쪽도 천화문의 기운이 아니라는 점이었다.

'가 보면 알겠지.'

일반적인 싸움이 아니다. 벼락이 떨어진 것과 같은 충격이 대지를 타고 흐른다.

지금쯤 많은 사람들이 상황을 알아보려 하고 있을 터. 만약 저 일이 정말 아버지와 관계된 일이라면, 사람들이 알기 전에 중단시켜야 했다.

'후우, 그냥 나민 아주머니와 천보장으로 돌아가라고 할까?'

고민을 하며 방을 나온 사도무영은 곧장 야산으로 향했다.

순우진은 검을 고쳐 쥐고 광효를 노려보았다.

광효와의 비무는 그에게 충격을 던져주었다.

처음 십 초가 흐를 때만 해도 지지 않을 거라는 자신이 있었다. 아니 광효의 공세가 워낙 단순하게 보여서 초수가 길어지면 자신에게 승산이 있을 거라고 생각했다.

하지만 초수가 더해질수록 광효의 공세는 더욱 거세졌고, 자신의 검은 조금씩 무뎌졌다.

그렇게 삼십 초가 지날 무렵, 그는 자신이 광효보다 약하단 것을 확연하게 깨달았다.

'팔성의 천룡검으로는 천불수를 누를 수 없단 말인가?'

자괴감이 밀려들었다.

'천룡검이 완성되었다면 밀리지 않았을 텐데…….'

하지만 그것은 핑계일 뿐이었다. 중요한 것은 현재이지, '나중에 완성되면'이라는 말은 승부에서 아무런 소용이 없었다.

'이렇게 끝낼 수는 없어!'

이를 악문 그는 남은 공력을 모조리 끌어올렸다.

질 때 지더라도 이대로 질 수는 없었다. 자신의 실력이 모자라서 지는 것이지, 용검회의 검이 진 게 아니라는 걸 보여줘야 했다.

후우우웅!

순우진의 검에서 용의 형상을 한 검강이 쭉 뻗어 나왔다.

광효가 그걸 보고는 두 손을 높이 들었다.

사도관이 끼어들어서 두 사람의 싸움을 중단시킨 것은 바로 그때였다.

"거기까지! 승 형, 그만 멈추쇼!"

버럭 소리친 사도관이 허공으로 날아오르더니, 삼 장 허공에서 떨어져 내리며 검을 내리 그었다.

찰나였다. 금방이라도 서로를 향해 달려들 것 같던 두 사람의 기운이 반으로 쩍 갈라졌다.

쩌적! 콰르릉!

세 사람의 기운이 충돌하며 묵직한 굉음이 울렸다.

광효와 순우진은 각기 세 걸음씩 뒤로 물러나며 거리를 사장으로 벌렸다.

그리고 사도관도 일 장을 날아간 후 내려섰다.

땅에 내려선 사도관은 흐트러진 머리카락을 멋지게 쓸어 올리며 담담히 입을 열었다.

"잘못하면 크게 다칠지 모르니, 이쯤에서 끝내는 게 좋겠소, 승 형."

두 사람이 다치면 사람들이 자신을 원망할지 몰랐다. 그러니 적당한 시점에서 끝내야만 했다.

광효는 별 불만이 없는 듯 손을 내리고는 사도관을 바라보았다.

입에서 '그럼 네가 나와 싸우자!' 그런 말이 튀어나올 것 같은 표정이었다.

반면 순우진은 정신을 차릴 수가 없었다.

그와 광효의 기운을 둘로 가르기 위해선 전제되어야 할 조건이 하나 있었다.

적어도 두 사람보다 약하며 안 된다는 것.

그런데 사도관은 거뜬히 그 일을 해내고도 큰 충격을 받지 않은 듯했다.

'도대체……. 사람을 잘못 본 것은 다른 사람이 아니라 나였단 말인가?'

허탈해하는 순우진을 향해 사도관이 말했다.

나름 위엄 있는 모습으로, 나직하게 목소리를 깔아서.

"철혈신마는 나와 승 형이 힘을 합쳐야만 상대할 수 있는 사람이네. 싸우고 싶다면 말리지는 않겠는데, 어디 부러져도 나를 원망 말게."

'자식, 이 정도면 알아들었겠지.'

사도관은 속으로 그렇게 생각하며 몸을 돌렸다.

단 일 검으로 최고의 효과를 냈다. 무리를 해서 가슴이 조금 답답하긴 하지만, 결과는 아주 만족스러웠다.

"어이, 순우연, 사람들이 몰려오기 전에 그만 자리를 뜨자고. 아들이 알면 뭐라고 할지 몰라."

저런 걸 보면 분명 별 볼일 없는 사람인데…….

순우진은 고개를 저으며 힘없이 검을 거두었다.

더 이상의 싸움은 그에게도 득이 될 게 없었다.

사도무영은 계곡을 도망치듯 빠져나가는 사람들을 보며 실소를 지었다.

역시나 아버지가 관계된 일이었다. 하지만 다행히 우려했던 상황은 아니었다.

 아니 오히려 그에게는 도움이 되었다고 봐야 했다. 아버지 덕분에 순우진의 고집이 꺾인 것처럼 보인 것이다.

 그는 숨어 있던 나무에서 내려와 고개를 들고 커다란 바위를 쳐다보았다.

 "형님, 아버지에게 술 한 잔 사셔야겠습니다."

 웃음 섞인 그의 말에 바위 뒤에서 한 사람이 나왔다. 위지양이었다.

 "술만 살 수 있나? 쓸데없는 싸움을 피하게 해주셨는데, 안주도 맛있는 걸로 사드려야겠네. 하하하."

1.

철마보 무사들은 숨도 제대로 쉬지 못했다.

그들이 비록 마도십삼파의 하나로 불리긴 해도 천마궁이나 용검회와는 격이 달랐다. 더구나 그들 중에는 천하제일마의 자리를 다투는 철혈신마 위지양마저 있지 않은가.

반면 수라단원들은 조금도 위축되지 않았다.

그들이 머물고 있는 후원은 천마궁 사람들이 머물고 있는 별원과 담장 하나 차이였다. 얼굴도 자주 보고 눈도 자주 마주쳤다.

그럼에도 위축되기는커녕 그들을 보기만 하면 눈빛을 빛내며 노려보았다.

아마 소란을 일으켜선 안 된다는 상부의 명만 없었다면, 싸움이 벌어져도 몇 번은 벌어졌을 것이었다.

특히 수라단원들이 천마궁 사람들을 더 강하게 자극했는데, 천마궁 사람들 중 몇은 그 눈빛을 참지 못했다.

그중에서도 오신마 중 무단강과 초궁은 감정을 굳이 숨기려 하지 않았다.

"이봐, 왜 그런 눈으로 꼬나보는 거지?"

"자네, 우리 알아?"

다른 사람은 별 말을 안 하는데, 막도는 꼬박꼬박 받아쳤다. 순전히 사도무영만 믿고.

"남이야 보든 말든? 내 눈으로 내가 보는데 뭔 상관이쇼?"

"저 건방진 놈이……!"

"놈? 언제 봤다고 놈이야, 놈이? 오호라, 나이 많다 이거지?"

소란이 커질 것 같으면 미고가 나서서 말렸다. 그녀는 마치 그 일을 즐기는 듯 고성이 오갈 때까지 기다렸다.

"호호호호, 막도, 그만 해. 척 보니까 올라가자마자 내려오게 생겼네 뭐."

저 계집이 지금 무슨 말을 하는 거야?

어딜 올라가?

무단강과 초궁은 설마 미고가 남녀지간의 은밀한 이야기를 하는 줄은 상상도 못했다.

"나도 저런 사람들은 싫어. 우리 령주님만큼은 돼야지 말이야."

퍽!

"이 자식이! 어디서 령주님을 들먹여? 령주님이 왜 너 같은 놈을 계속 놔두는지 모르겠다."

"너 정말 계속 때릴 거야? 더 때리면 나도 못 참아!"

"못 참으면 어쩔 건데?"

무단강과 초궁은 동료들끼리 티격태격하는 수라단원을 보며 고개를 저었다. 하는 꼴을 보니 화도 나지 않았다.

'뭐 저런 놈들이 다 있어?'

'어디 이상 있는 놈들 아냐?'

'건드려 봐야 같은 취급 받지 않으면 다행이겠군.'

그렇게 생각한 두 사람은 피식 웃고 말았다.

사도무영도 수라단원과 천마궁사람들 사이에 신경전이 벌어지고 있다는 사실을 알고 있었다. 그러나 적당한 선에서 멈추는 걸 보고 그냥 놔두었다.

설령 싸움이 붙어도 심각한 상태로 발전할 것 같지는 않았다. 그렇다면 실전을 경험하는 것도 괜찮을 것이었다. 싸우다 보면 정도 들 것이고.

위지양 역시 사도무영이 제지하지 않는 걸 보고 모른 척했다.

오히려 엉뚱한 짓을 하다가 사도무영 일행에게 혼나는 것도 괜찮을 것 같다는 생각을 했다.
 그래야 기가 팍 꺾여서, 사도무영을 가볍게 생각하지 않을 테니까.
 지금은 자신이 한 말 때문에 사도무영을 예우하지만, 천마궁 사람들 중 많은 수가 아직 사도무영의 진실 된 무서움을 모르고 있는 것이다.

 반나절이 흐르자 상황이 조금 변했다. 이제는 천마궁 사람들이 장난처럼 수라단원을 건드리며 상황을 즐겼다.
 "이봐, 그 얼굴은 어쩌다 그렇게 된 건가? 그 옆에 있는 여자가 쥐어뜯었나?"
 "쥐어뜯은 게 아니라 긁힌 거유. 너무 오래 올라가 있어서 무겁다나? 뭐 당신은 상상도 못하겠지만."
 "호호호호, 나는 위에서 일하다 말고 자는 사람이 싫거든."
 "그때 코까지 골았지 아마?"
 퍽!
 "너는 나서지 마라니까!"
 "이제 진짜 못 참아! 따라와!"
 천마궁 사람들은 그런 모습을 보면서 낄낄거렸다.
 "그놈들 참……."
 "크크크, 노는 게 귀엽군."
 "그래도 실력은 제법인 거 같은데?"

"제법 정도가 아니네. 뒤쪽에 있는 몇 놈은 호법이나 장로들도 쉽지 않겠어."

그런데 바로 그때였다. 무단강이 눈을 가늘게 뜨고 초궁에게 넌지시 말했다.

"이봐, 초궁, 한 번 건드려 볼까?"

"그러다 혼날지 모르는데, 괜찮을까?"

"정식 비무라면 궁주님도 뭐라고 못할 걸?"

"흠, 그건 그렇군."

두 사람은 백마 중 소문난 말썽꾼들, 지금까지 참은 것이 다행이었다.

무단강은 주위를 슬쩍 둘러보았다.

궁주는 사도무영을 만나고 있는 중이고, 총호법과 태상장로는 보이지 않았다.

그렇다면 자신의 앞을 막을 사람이 없다는 말.

그는 수라단원들이 있는 곳으로 어슬렁어슬렁 걸어갔다.

천마궁 사람들 중 몇이 그걸 보고 눈빛을 반짝였다. 뭔가 재미있는 일이 생길 것 같다는 표정들이었다.

수라단원들 역시 눈을 가늘게 뜨고 무단강을 쳐다보았다. 그리고 한쪽에 앉아서 구경하고 있던 장막심과 양류한과 도담도 허리를 세웠다.

무단강이 십여 장 안으로 들어오자 적도광이 나섰다.

"무슨 일로 오셨습니까?"

"본궁의 궁주님과 그대의 주인이 의형제분이신데, 그 밑에 있는 사람끼리 너무 썰렁한 것 같아서 말이야."

사실 그런 면이 없잖아 있었다.

지금도 사도무영과 위지양은 안채에서 함께 차를 마시고 있었다. 자신들은 밖에서 눈싸움이나 하고 있고.

"인사가 늦었습니다. 저는 적도광이라 합니다."

"흠, 그 친구, 말이 통하는군. 나는 무단강이라 하네. 반갑군."

무단강은 두 손을 맞잡고 흔들었다.

순간, 강력한 무형기가 너울지며 밀려갔다.

적도광은 다급히 무단강의 무형기를 막아내며 이마를 찌푸렸다.

'읏!'

턱, 턱.

그는 두 걸음을 물러선 뒤 차가운 눈빛으로 무단강을 응시했다.

무단강은 한 걸음 물러서서 눈을 치켜떴다.

우세를 점하긴 했는데, 그 차이가 예상보다 미미하다.

짐작했던 것보다 더 강하다는 뜻. 의외가 아닐 수 없었다.

"제법이군."

칭찬하듯이 말은 하지만, 자존심 상한 것이 역력히 느껴지는 말투였다.

"대단한 경력이었습니다. 그럼 이번에는 무기를 들고 겨뤄보지요."

적도광도 상대의 뛰어난 공력에 감탄한 듯 말했지만, 그렇다고 순순히 물러설 마음은 없었다.

스릉.

적도광은 상대의 대답도 듣지 않고 검을 뽑았다.

다짜고짜 검을 뽑을 줄은 몰랐는지, 무단강의 표정에 당황이 스쳤다.

그러나 무단강 역시 그 정도에서 물러설 사람이 아니었다.

그는 오히려 적도광이 먼저 검을 뽑자 잘 되었다는 마음이었다.

"하하하, 정말 마음에 드는 친구군. 하긴 남자라면 그 정도 패기는 있어야지."

그는 자신의 뜻대로 상황이 흐르자 즐거운 마음으로 칼을 뽑았다.

'콧대를 납작하게 만들어주마.'

그의 칼은 일반 칼보다 넓고 날의 길이가 석 자나 되었다. 덩치 큰 그가 들자 잘 어울렸다.

적도광은 검을 사선으로 늘어뜨린 채, 무심하게 가라앉은 눈으로 무단강을 응시했다.

무단강은 입술을 비틀며 칼을 좌우로 가볍게 저었다.

"적당히 놀아보세."

찰나, 적도광의 신형이 일직선으로 쇄도했다.

무단강은 자신도 모르게 뒤로 한 걸음 물러서며 도를 휘둘렀다.

쉬쉬쉭!

도영이 부챗살처럼 퍼지며 적도광의 진로를 막았다.

적도광은 벽처럼 보이는 도영 사이로 검을 밀어 넣으며 차가운 눈을 번뜩였다.

쩌저저정!

두 사람의 도검이 얽혀들며 청명한 쇳소리가 연이어 울렸다.

한편, 방 안에서 차를 마시던 사도무영과 위지양은 밖에서 벌어지는 상황을 직접 눈으로 보지 않고도 돌아가는 상황을 파악했다.

"무단강은 백마 중 다섯 번째 가는 고수인데, 십여 초를 겨루고도 크게 밀리지 않다니, 대단하군."

"손속에 사정을 남겨둔 것이겠지요."

"무단강이 그런 사람이라면 지나가던 개가 웃을 거네. 그런데, 괜찮겠나?"

"패한다 해도 무너지지 않을 사람입니다. 오히려 자신을 다그칠 수 있는 기회로 삼을 겁니다."

"그러고 보니, 아우 주위에 좋은 사람이 많군. 욕심 날 정도야."

"어? 너무 욕심 내지 마십시오. 그럼 저도 가만있지 않을 겁니다. 보아하니 천마궁에 괜찮은 사람들이 많은 것 같던데……."

"응? 그럼 안 되지. 아우가 꼬드기면 사람들이 우르르 천마궁을 나갈지 모르는데 말이야. 못 들은 걸로 하게."

"뭐 형님이 그렇게 말씀하신다면 참지요."

"하하하하, 아우의 사람 몇 빼내려다 천마궁의 기둥뿌리가 뽑힐 뻔했군."

위지양은 호탕한 웃음을 지으며 찻잔을 입으로 가져갔다.

그때 밖의 상황이 또 다르게 변했다.

이십여 초가 흐르며 적도광의 패색이 짙어지자 다른 사람이 나선 것이다.

"그쯤에서 그만 두지요."

떠덩!

두 줄기 기운이 충돌하는 소리와 함께 무단강의 입에서 일그러진 목소리가 흘러나왔다.

"웃, 이런 개 같은……!"

"지나치면 의가 상할지 모르니, 장난도 적당히 합시다."

차가우면서도 맑은 목소리.

위지양은 무단강이 밀렸다는 걸 알고 놀란 표정으로 사도무영을 바라보았다.

"누군가?"

"도담이라는 사람입니다."

"흠, 이거 괜히 없던 일로 하자고 했군. 저런 친구가 있는 줄 알았으면 아우 몰래 수작을 부려보는 건데 말이야."

사도무영은 피식 웃으며 찻잔으로 입술을 축였다. 그러고는 찻잔을 내려놓으며 위지양을 바라보았다.

조금 전과 달리 무심하게 가라앉은 눈빛.

위지양도 장난스런 말투를 거두고 담담히 입을 열었다.

"할 말이 있으며 해보게."

"궁도들의 반대가 많았지요?"

위지양이 빙그레 웃으며 답했다.

"그 정도 다스릴 능력은 있다네."

"만약, 계획대로 되어서 우리가 구천신교를 무너뜨리게 되면, 그 후 형님은 어떻게 하실 생각이십니까?"

"어떻게라……."

사도무영의 질문은 단순한 것 같았다.

그러나 그 몇 마디에 차후 천하 정세에 관한 가장 중요한 요점이 담겨 있으니 위지양도 바로 입을 열지 못했다.

구천신교가 무너지고 나면, 천하의 마도는 천마궁을 주시하게 될 수밖에 없다. 정천맹을 비롯한 정도 역시 마찬가지일 것이고.

마도는 구심점이 되어주길 바랄 것이며, 정도는 또 하나의 강적을 바라보는 눈으로.

과연 자신은 어떤 선택을 할 것인가?

위지양은 숨을 천천히 세 번 쉬고 사도무영을 응시했다.

언뜻 그의 입가에 웃음이 걸렸다.

"나 위지양은……, 아우의 의형답게 행동할 것이네. 지금으로선 그런 답밖에 할 수가 없군."

"형님……."

"내가 세상으로 나와 천마궁을 만든 것은, 천하를 움켜쥐고자 하는 야망이 있었기 때문이네. 아니 야망이라기보다 세상에 대한 복수라 해야겠지. 그럼에도 구천신교와 손을 잡지 않은 것은, 가고자 하는 길이 그들과 달랐기 때문이네. 그러니 최소한 구천신교와는 다를 것이네."

위지양은 담담히 말하고 찻잔을 들었다. 그러더니 찻잔을 입으로 가져가며 한마디 더했다.

"내가 엉뚱한 생각을 하면 아우가 가만있겠는가? 솔직히 좋은 기회긴 한데, 아우가 무서워서 안 되겠어."

"형님도 참……."

사도무영이 머쓱해하자, 위지양이 씩 웃었다.

"정말이네."

사도무영은 쓴웃음을 지으며 어깨를 추켜올렸다.

어차피 확실한 답을 들을 거라고는 생각지 않았다. 그래도 자신이 듣고자 하는 대답의 반은 들었다.

그 정도만으로도 고마웠다. 그 말을 하기 위해서 위지양은 많은 고민을 했을 테니까.

그런데 마음이 개운치 않았다.

위지양의 말을 못 믿어서 그런 것이 아니었다. 위지양이라는 사람이 너무 뛰어나서 문제일 뿐.

세상에 대한 복수라 했던가?

사도무영은 그 말의 의미를 알고 있었다.

'성도에서 당가의 사람들과 만났을 때 한조차 씹어 삼킨 모습이었지.'

가문이 무너지고, 형제처럼 지내던 사람들에게 버림을 받았으니 어찌 세상에 한을 품지 않으랴.

하지만 위지양은 한을 풀어나가는 방식이 일반사람들과 천양지차였다.

-나를 내친 세상을 힘으로 지배하리라. 그럼으로써 나의 운명을 농락한 하늘을 조롱하리라!

위지양이 원하는 복수는 바로 그러한 것이었다. 그래서 고민이었다.

사도무영은 한참 만에 씁쓸한 어조로 입을 열었다.

"형님은 가만있어도 사람들이, 세상이 가만두지 않을 겁니다."

위지양의 눈에 웃음기가 떠올랐다.

"그건 그들이 아직 아우를 잘 모르기 때문이지. 아마 그들도 곧 아우를 알게 될 거네. 그럼 감히 엉뚱한 생각을 하지 못할 거야."

"이거 너무 높이 띄워놓아서 나중에 떨어질 때가 걱정되는데요?"

"걱정도 팔자군. 그게 두려우면 떨어지지 않으면 되잖은가? 하하하하."

위지양은 사도무영의 너스레를 가볍게 맞받아치며 호탕하게 웃었다.

그러나 속마음만큼은 그리 가볍지 않았다.

'아우가 떨어지면 내 마음이 바뀔지 모른다네. 솔직히 나는 그게 두렵네. 그때가 되면 위지양은 사라지고, 천마만 남을 테니까.'

무단강은 어이가 없었다.

장난하다가 똥통에 빠진 기분이었다.

연이은 비무로 힘이 소진되었을 뿐이라고 자위해보지만, 기분은 조금도 나아지지 않았다.

새파란 놈과, 심심해서 가지고 놀려던 놈과 비기다니. 패하지 않은 걸 다행으로 생각해야 하다니!

"천마궁의 백마가 강하다는 말은 들었습니다만, 소문보다 더 대단하군요."

더구나 놈은 저런 여유까지 부리지 않는가. 꼭 자신과 비겼으니 대단하다는 것처럼.

죽일 놈!

마음 같아서는 이판사판 끝장을 보고 싶은데, 그럴 수 없다는 게 문제였다.

어느새 사람들이 모두 나와서 비무를 구경하고 있었다. 그 중에는 궁주의 의부인 사도관도 있었고, 광효와 섭장천도 있었다.

곡예단의 곰처럼 구경거리가 되어버린 상황. 정말 기분이 더러웠다.

그런데 그때 저 안쪽에서 궁주가 나오는 게 보였다.

무단강은 자신의 마음이 하해와 같이 넓다는 걸 보여주겠다는 듯 호탕하게 웃으며 대꾸했다.

"음하하하, 사도 공자에게 괜찮은 수하들이 많다는 말은 나도 들었지. 직접 부딪쳐보니 헛소리는 아니었던 것 같군."

마당으로 나온 위지양은 무단강의 손에 들린 칼을 보고 짐짓 인상을 찌푸리며 다그쳤다.

"무 호법, 무슨 일인데 도를 빼들고 있는 거요? 혹시 내 명을 어기고 싸움을 한 것 아니오?"

"하, 하, 속하가 어찌 궁주님의 명을 어기겠습니까? 그냥 여기 있는 후배들이 워낙 열심이어서 실력을 좀 알아봤을 뿐입니다."

"호오, 그래요? 알아보니 어떻소?"

"그, 그게……, 제법 쓸 만한 실력이더구만요."

"이기긴 이겼소?"

"뭐 이기고 지고를 떠나서……, 그냥 간단히 비무해 본 거라……."

"나는 돌아갈 건데, 계속 할 거요?"

"아, 아닙니다, 궁주. 저도 그만 가야죠. 하, 하, 하."

바로 그때, 한쪽에서 가부좌까지 틀고 앉아 구경하던 광효가 눈을 번뜩였다.

"시주, 빈승하고도 한 번 해보지 않겠는가!"

미쳤어?

어쩌면 자신이 도담이라는 놈하고 비긴 것도 저 광승이 노려보고 있어서 신경 쓰느라 그런 것 같았다.

'저 미친 중이 붙잡기 전에 가야겠군.'

무단강은 즉시 위지양 옆에 붙어서 길을 재촉했다.

"가시죠, 궁주."

2.

만소개가 돌아온 것은 석양이 서산으로 넘어가기 직전이었다.

사도무영은 만소개가 돌아오자 후원에서 회의를 가졌다.

천마궁과 포검산장의 대표, 그리고 사도관과 섭장천, 공이대선사와 광효, 사공강, 구양명이 회의에 참석했다.

한쪽에는 만소개가 앉아 있었는데, 평소와 달리 허리를 꼿

꼿이 세우고 잔뜩 긴장한 표정이었다.

둘러앉은 사람들에게 차가 따라지고, 다향이 실내를 가득 메울 즈음 사도무영의 입이 열렸다.

"지난 며칠 동안 구천신교의 세력분포에 대한 걸 조사했습니다. 시일이 급박해서 세세한 것까지는 아직 알아내지 못했습니다만, 현재 개방에서 많은 인력이 투입되어 있으니 곧 만족할 만한 정보가 들어올 것이라 생각 됩니다. 만소개 형, 말해주시죠."

사도무영이 만소개를 바라보았다.

만소개가 자리에서 벌떡 일어나더니 숨을 깊게 들이쉬었다.

자신이 이런 자리에 있다는 것 자체가 믿어지지 않았다. 천하 강호를 좌지우지하는 사람들이 모두 자신을 주시하고 있지 않은가.

목소리가 떨리면 안 되는데……. 걱정이었다.

'지미, 술이라도 한잔하고 올 걸.'

그랬으면 술기운을 빌어서라도 당당하게 말할 수 있을 텐데.

하지만 이제 후회해봐야 아무 소용도 없었다.

만소개는 개방의 자존심을 걸고, 배에 힘을 잔뜩 주고, 벌게진 얼굴로 말했다.

"놈들의 주력은 제갈세가와 양양진, 남양으로 나누어져 있습니다. 그 중 남양 대응보의 세력이 가장 강하고, 양양진과 제갈세가에 남은 세력은 비슷한 규모입니다. 혈음사의 혈승들은 남양에 있는데……."

만소개는 제갈세가에서 남양에 이르는 곳에 퍼져 있는 구천신교 무사들의 움직임을 세세히 말했다.

비상을 걸어서 개방의 모든 정보력을 동원한 결과가 그의 입을 통해 술술 흘러나왔다.

침을 튀겨가며 자신이 아는 바를 모조리 쏟아낸 그는, 마지막으로 아침에 들어온 소식 하나를 전했다.

"오늘 아침에, 새끼거지 하나가 막 솥에서 꺼낸 개다리처럼 따끈따끈한 소식을 하나 물고 달려왔습니다."

개방의 제자다운 말투에 사람들이 괴이한 표정을 지었다.

웃음을 참는 사람, '재미있는 놈이군.' 그런 눈빛으로 바라보는 사람, 배고픈 강아지마냥 입을 반쯤 벌리고 바라보는 사람, 제각각 다른 표정이었다.

그러든 말든, 흥이 돋은 만소개는 반쯤 정신 나간 상태에서 침을 튀겨가며 말을 이었다.

"마도십삼파 중 대여섯 문파에서 대규모 무사들이 은밀하게 빠져나가고 있다 합니다. 정확한 인원이 확인되지는 않습니다만, 그들이 대규모로 움직였다면 적잖은 위협이 될지 모른다고 합니다. 강아지들도 여럿이 모이면 제법 사납게 달려들거든요. 이상입니다."

만소개는 말을 마치고 자리에 털썩 앉았다.

긴장감이 좌악 풀어지며 물먹은 솜처럼 몸이 늘어졌다.
언제 흘렀는지 등줄기를 타고 흐른 식은땀이 허리어름에서 차갑게 느껴졌다.
하지만 마음만큼은 그 어느 때보다 가벼웠다. 이런 자리에서 실수하지 않고 말을 끝냈다는 것. 그게 어디 보통 일인가?
'사부님! 제자가 해냈습니다!'
그때 사도무영이 입을 열며 사람들의 시선을 그에게서 떼어냈다.
"여러분들이 생각하는 상황과 어느 정도 차이가 있을지 모르겠군요."
천마궁과 포검산장 역시 구천신교에 대해 나름대로 많은 것을 조사했다.
사람을 파견해서 정보를 수집하고, 보내온 정보를 유심히 분석하고, 하다못해 바람을 타고 전해오는 소문에도 귀를 기울였다.
그 덕에, 싸우는 당사자인 정천맹만큼은 아니더라도 남들만큼은 안다고 생각했다.
그런데 만소개의 말을 듣고 나니 자신들이 알고 있던 것과는 차이가 많았다.
정천맹과 싸우며 막대한 피해를 입었다고 들었는데, 남은 전력이 그 정도란 말인가?
구천신교가 그토록 강했단 말인가?

마음이 무거워진 그들은 이마를 찌푸린 채 사도무영을 주시했다.

'인정하기 싫겠지만, 만일 구천신교가 정천맹과 싸우지 않고 섬서를 먼저 차지하려고 했다면, 천마궁과 용검회는 정천맹보다 더 안 좋은 상황이 되었을 겁니다.'

사도무영은 속으로 냉소를 지으며 그들의 눈을 하나하나 들여다보았다.

"들으셨다시피 그들의 세력은 여러분이 아는 것보다 더 크고 강력합니다. 이제 그들을 상대할 방법을 연구해보도록 하지요."

3.

낙양의 봄은 강호의 흐름과 상관없이 화사했다.

사월에 들어서자 사람들은 두껍게 껴입은 옷을 훌훌 벗고, 푸른 새싹은 대지를 뚫고 지상으로 고개를 내밀었다.

그러나 한 곳만큼은 아직도 찬바람이 쌩쌩 불고 있었다.

'그 인간, 어디 가서 굶지나 않는지 모르겠군.'

이영영은 김이 모락모락 올라오는 찻잔을 바라보며 아미를 찡그렸다.

어느덧 겨울이 가고 봄이 왔다. 그런데도 사도무영과 사도관을 찾으러 간 단학에게선 연락이 없었다.

누가 부자지간 아니랄까 봐 서신으로 잘 있다는 연락 달랑 한 번 보내놓고 해를 넘긴 두 사람이었다.

'무영이는 똑똑해서 걱정 없는데, 그 멍청한 인간이 문제야.'

처음에는 무영이만 걱정되었다. 사도관이야 다 큰 사람이 설마 어디 가서 굶을까 싶었다.

그런데 언제부턴가, 찬바람이 불 때마다 옆구리가 시렸다.

잠을 자다가도 가끔 깨서 옆자리를 바라보고, 식사를 하다가도 텅 빈 의자를 멍하니 바라보는 게 빈번해졌다.

병은 안 들었을까? 굶지는 않을까? 걱정이 되었다.

물론 날마다 그런 것은 아니었다.

자신은 걱정하고 있는데 연락 한 번 없다는 생각이 드는 날이면, 당장 찾아 나서고 싶을 정도로 짜증이 확 치밀었다.

흥, 어디서 신나게 놀고 있을 거야.

잡아서 다리뼈를 작신 부러뜨려놔야 정신을 차릴 걸?

그런 날은 천보장의 모든 사람이 긴장하고 생활했다.

사실 그녀 역시 자신의 성격이 곱지만은 않다는 걸 잘 알고 있었다. 하지만 아무리 그래도 그렇지, 그런다고 도망을 친다는 게 말이 되는가 말이다!

"내가 뭘 얼마나 잘못했다고 도망쳐? 그게 다 배가 불러서 그런 거야."

그녀는 결국 그렇게 결론을 내리고, 차를 단숨에 들이켰다.

그때 사도교교가 연분홍 치마를 펄럭이며 방으로 들어왔다.

"엄마, 엄마!"

마치 만발한 복사꽃이 흩날리며 안으로 밀려드는 듯했다. 그 모습이 어찌나 아름다운지, 만약 낙양의 청년들이 봤으면 입을 쩍 벌리고 황홀감에 정신을 반쯤 잃었을지 몰랐다.

하지만 이영영은 혀를 차며 그런 딸을 흘겨보았다.

"쯔쯔쯔, 왜 그리 방정이냐?"

"엄마, 엄마, 혹시 들었어? 아버지의 이름이 장안에서 유명하데!"

"그게 무슨 말이야? 네 아버지의 이름이 장안에서 유명하다니! 혹시 그 인간이 큰 사고를 친 거 아냐?"

"그게 아니라니까!"

"사고 친 게 아니라면, 그 인간이 유명해질 일이 뭐가 있어?"

"참나, 엄마도. 내 말 들어봐! 나도 방금 장안에서 돌아온 고 상두에게 들었는데……."

사도교교는 자신이 들은 소문을 조잘조잘 빠르게 이야기해 주었다.

이영영은 사도교교의 이야기를 다 듣더니 눈을 치켜떴다.

"뭐? 신룡검협?"

"어! 신룡검협 사도관! 와아, 아버지에게 그런 별호가 붙다니. 세상이 미친 거야, 아니면 장안이 별 볼일 없는 거야? 설마 아버지가 그곳에서 사기 친 것은 아니겠지?"

"이년아, 네 아버지가 사기 친다고 해서 넘어갈 사람이 어디 있어? 있으면 그런 놈이 병신이지."

"그럼 정말 아버지가 그런 별호를 얻을 만큼 변할 걸까?"

사도교교가 고개를 갸웃거리며 중얼거렸다.

그 모습을 바라보던 이영영의 눈매가 길게 찢어졌다.

자신은 한숨이나 쉬며 걱정하고 있는데 장안에서 별호놀이나 하고 있다니.

속이 부글부글 끓었다. 조금 전까지 가졌던 걱정스런 마음이 태풍에 휩쓸린 듯 깨끗이 정리되었다.

"흥! 그 인간이 신, 룡, 검, 협? 놀고 있네!"

그녀는 코웃음을 치며 한소리 빽 내지르고는 벌떡 일어섰다.

"장안이라고 했지? 그런데 단학은 뭐하고 있는 거지? 그 정도로 알려졌으면 진작 찾았을 거 아냐?"

"또 모르지, 단학 아저씨도 그 소문을 듣고 장안으로 가고 있는 중인지."

하지만 이영영은 사도교교의 말이 귀에 들어오지 않았다. 단학이 잡아오기만 믿고 있다가는 언제 또 도망칠지 몰랐다.

"안 되겠다. 청진사숙에게 부탁해서 잡아오라고 해야겠어. 가서 서 총관을 오라고 해."

"알았어, 엄마. 근데……, 구천신교가 남양까지 올라와서 낙양 전체가 술렁이고 있어. 정천맹이 그들을 이길 수 있을까? 만약 지면 어떡하지?"

이영영의 매끈한 이마에 내천자가 그려졌다.

귀마궁에 대해선 걱정할 것이 없었다. 하지만 구천신교는 상대가 달랐다.

그녀가 제아무리 신비문파의 무공을 이어받아 초절정 경지의 무공을 익히고 있다 해도, 천보장이 강호 대문파 못지않은 무력을 지녔다 해도, 구천신교는 그녀와 천보장이 상대할 수 없는 곳이었다.

'만에 하나 정천맹이 무너지면 놈들이 분명 우리의 재산을 노릴 거야.'

낙양의 군과 관에 손을 써놓긴 했지만 상대는 황제조차 두려워하지 않는 마도의 무리였다.

'정 안 되겠으면 정천맹을 도와서 싸우는 수밖에.'

자신이 누군가! 낙양 제일의 여걸, 황금선랑 이영영이 아니던가!

내 것을 지키는데 남의 힘에만 의존할 수는 없는 일이었다.

이를 지그시 악문 이영영은, 걱정스런 표정을 짓고 있는 사도교교에게 부드러운 목소리로 말했다.

"너무 걱정 말고, 가서 서 총관이나 불러와."

제5장
아우여,
항상 그 자리에서 나를 지켜보아라

1.

태양이 떠오르기 전, 천마궁과 용검회 사람들은 한 시진 간격으로 철마보를 나섰다.

그리고 오후 무렵, 사도무영도 떠날 준비를 했다.

사도무영이 수라도를 옆구리에 차고 밖으로 나가자, 기다리던 사람들이 고개를 돌렸다.

사도관과 나민, 광효와 공이, 섭장천, 단학, 장막심, 양류한, 만소개, 그리고 도담과 적도광을 비롯해서 수라단원들이 모두 모여 있었다.

그들 중 대다수가 즐거운 표정이어서 마치 놀러가는 사람들처럼 보일 지경이었다.

'후우, 따로따로 흩어져서 가기로 할 걸 그랬나?'
계획을 바꾸기에는 이미 늦은 상황이었다. 말을 들을 것 같지도 않고. 이제는 그저 엉뚱한 일이 일어나지 않기만 바라는 수밖에.
사도무영이 포기하고서 후원을 나서자 사공강과 구양명이 기다리고 있었다.
구양명 등 수월산장 사람들은 사공강이 이끄는 철마보의 무사들과 함께 움직이기로 했는데, 내일 아침에나 움직일 것이었다.
"먼저 가게. 곧 뒤따라가겠네."
"나중에 보세."
"그럼 그곳에서 뵙겠습니다."

철마보를 출발한 사도무영 일행은 곧장 무당파로 향했다. 그 결정을 내리는 데는 만소개의 말이 결정적으로 작용했다.

"구대문파와 오대세가에는 정천맹과 직통으로 연락할 수 있는 전서구가 십여 마리씩 있습죠. 당연히 무당에도 있습니다요. 그들의 상황이 워낙 좋지 않아서 우리에게 내줄지는 확신할 수 없습니다만……."

전서구를 이용한다면 힘들이지 않고도 정천맹 측과 빠른 연락을 취할 수 있을 것이었다.

만소개와 개방의 정보통, 무당의 전서구. 거기에 천마궁과 용검회가 보내올 정보. 그것이면 적어도 정보면에서 구천신교에게 뒤지지 않을 것이었다.

 구천신교가 무당산 일대의 움직임을 예의주시하고 있다는 점이 마음에 걸리긴 했지만, 그에 대해선 크게 신경 쓰지 않았다.

 오히려 자신들에게 싸움을 걸어온다면 환영해야 할 판이었다. 무당산 주위도 정리할 겸, 잘하면 구천신교도 흔들 수 있을지 모르니까.

 사도무영이 그 말을 하자, 사도관과 광효는 물론이고 수라단원들도 눈에 불을 켜고 구천신교의 무사들이 나타나기를 바랐다.

 사도관은 자신의 별호에 치장을 하기 위해서, 광효는 마인이라면 찾아서라도 다 때려죽여야 한다는 사명감에. 그리고 수라단은 구천신교가 아니라 누구하고든 드잡이질을 벌이고 싶던 차였다.

 하지만 구천신교의 교도들은 그들의 소원(?)을 들어주지 않았다.

2.

 태양이 중천에서 서쪽으로 기울어가는 미시 무렵.
 염황적은 무당산 동쪽 인근의 숲속에서 관도를 바라보았다.

이십여 명이 무당산 쪽으로 향하는 게 보였다. 무인들이었는데 대부분이 속인이었고, 승려가 두어 명 섞여 있었다.

그는 그들의 뒷모습을 보며 눈살을 찌푸렸다.

보이는 건 뒷모습뿐인데도, 워낙 멀어서 누군지조차 알아볼 수 없는데도, 바라보고 있으니 가슴이 묵직하게 가라앉았다.

그는 한참을 바라보고 나서 결정을 내렸다.

"보통 놈들이 아니다. 함부로 건드리지 말고 지켜보기만 해라."

염황적의 말에 타 종파의 몇몇 사람이 불만을 토로했다.

"장로님, 숫자도 얼마 되지 않는데 그냥 제거하는 게 어떻겠습니까?"

"맡겨주시면 제가 사람들을 데리고 가서 처리하겠습니다."

그들은 염황적의 명령이 못마땅했다.

다른 종파의 사람들은 정천맹을 공격하며 공을 세우고 있는데, 자신들은 남 꽁무니나 쳐다보며 시간을 보내고 있다. 아마 나중에 공과를 논할 때 차별이 심할 게 분명했다.

이럴 때라도 적을 제거해야 다른 사람들에게 뒤지지 않을 것 아닌가.

그러나 염황적은 그들과 생각이 달랐다. 그리고 자신의 생각을 일일이 설명해서 설득하려고 하지 않았다.

"다시 한 번 말해봐라. 지금 내 판단이 잘못되었다는 거냐?"

"그게 아니오라……."

"명령은 내가 내리는 것이다. 너희들은 내가 명령을 내리면 따르기만 하면 돼! 그게 싫으면 나보다 높은 자리에 오르던가! 어디서 주둥이만 살아가지고……. 한 번만 더 내 판단을 모욕하면, 하극상으로 당장 목을 쳐버릴 것이다!"

염황적이 흉악한 얼굴을 잔뜩 일그러뜨린 채, 눈을 부라리고, 침을 튀겨가며 말했다.

누구도 감히 그 얼굴에 대고 반문하지 못했다.

일양종파의 교도들은 자라목처럼 머리를 쏙 집어넣은 자들을 바라보며 한심하다는 표정을 지었다.

'멍청하기는. 대들 사람에게 대들어야지.'

하지만 염황적과 구천신교 교도들은 자신들이 지옥의 문턱에서 오락가락하고 있다는 걸 꿈에도 몰랐다.

사도무영은 멀리서 자신들을 바라보는 시선이 있음을 알고도 그냥 놔두었다.

달려든다면야 싸움을 마다하지 않을 것이었다. 하지만 멀리 있는 자들을 쫓아가서까지 치고 싶은 마음은 없었다.

오히려 사도관과 광효와 수라단이 달려갈까 봐 뒤쪽으로는 고개도 돌리지 않았다. 뒤통수가 뜨뜻한 걸 보니 말만 떨어지면 당장 달려갈 것 같았다.

'어차피 제거해야 하는데, 그냥 지금 칠까? 아냐, 저들 중 나와 수라곡 사람들을 알아보는 자가 있으면 문제가 복잡해질

수도 있어.'

한편으로는 그러한 점을 이용해서 구천신교를 상대하는 방법도 괜찮을 듯했다.

'당장은 아니어도 한 번쯤은 생각해 봐야겠군.'

3.

만소개가 개방제자들을 보내 미리 연락해 놓은 상황. 무당의 산문이 가까워오자 송무라는 도호를 쓰는 중년도장이 무당제자 세 사람과 함께 마중 나왔다.

사도무영 일행은 그들을 따라 일단 객당으로 갔다. 그리고 사도무영만 송무도장을 따라 자소궁으로 올라갔다.

무당의 분위기는 풍전등화와 같은 상황을 반영하듯 무겁게 침체된 상태였다.

자소궁에는 무당의 장문인인 소명도장과 장로들이 모여 있었는데, 그들의 얼굴에도 짙은 그림자가 드리워져 있었다.

그럼에도 그들은 사도무영을 진심으로 반겼다.

구천신교가 언제 무당으로 올라올지 모르는 일. 한 사람이 아쉬운 때였다.

더구나 사도무영에 대한 소문이 양번혈전에 나갔던 자들에 의해서 무당 전체로 퍼진 터였다.

-누구도 그를 막지 못했다.
-구천신교의 마인 수십 명이 그에게 달려들었는데도 죽어가는 자들은 그들이었다.
-혜성처럼 나타난 용검회의 신룡 동방경에 비해서 뒤지지 않아 보였다.

설령 그에 대한 소문이 과장되었다 해도 무당제자들을 위기에서 구해준 것만큼은 분명한 사실이었다. 그게 비록 소연도장과의 약속을 지키기 위함이었다 하더라도.
그래서 그런지, 무당의 장로들이 사도무영을 바라보는 눈빛은 외인을 보는 눈빛이 아니었다.
"빈도가 무당을 책임지고 있는 소명이라 하네. 말은 많이 들었지. 힘들었을 텐데, 예까지 오느라 수고가 많았네."
"운이 좋아서 다행히 저들의 방해를 받지 않고 힘든 일 없이 올 수 있었습니다."
"다행이구먼."
소명도장은 담담히 대답하고 찻잔을 들었다.
궁금한 것이 많을 것이다. 한데도 조급하게 묻지 않는다. 당장 벼락이 옆에 떨어져도 할 일은 해야겠다는 듯.
다른 장로들 역시 담담한 표정으로 다향을 즐기고 있을 뿐이다. 현재의 무당파 상황을 생각하면 이해할 수 없을 정도로 느긋한 태도다.

아우여, 항상 그 자리에서 나를 지켜보아라

'무당은 무당이라 이건가?'

급할 이유가 없는 사도무영도 자신 앞에 놓인 찻잔을 들어 입술을 축였다. 버티는 거라면 그도 자신 있었다.

결국 소명도장이 먼저 입을 열었다.

"개방의 아이가 전하기로는 구천신교와의 결전을 준비하고 있다던데……."

"그렇습니다. 그들에게 강호를 내줄 수는 없는 일 아니겠습니까?"

"빈도의 얼굴이 뜨거워지는구먼. 나이 어린 자네도 강호를 위해 애쓰거늘, 이렇게 방에만 처박혀서 한 푼 도움도 안 되는 걱정이나 하고 있으니……. 허허허, 늙으면 이래서 안 된다니까."

"나이 드신 분들에게는 젊은 사람에게 없는 경륜이 있지요. 저는 그 하나하나가 대세를 움직이는데 훌륭한 도움이 된다고 생각합니다. 직접 도검을 맞대고 싸우는 것은 보다 젊은 사람들이 나서서 해야 되는 일 아니겠습니까?"

목구멍에 기름칠을 한 듯 듣기 좋은 말이 술술 흘러나온다.

소명도장은 물론이고 둘러앉은 무당파의 장로들도 슬며시 웃음 지었다.

마도가 창궐하며 득세하는 현 상황에서 무당파는 별 도움이 되지 못했다는 이유로 가슴이 묵직했다. 그러던 차에 사도무영의 말을 들으니 무겁던 마음이 조금은 덜어진 기분이 든 것이다.

"허허허허, 말이라도 고맙구먼."

사도무영이 듣기 좋은 말을 한 것은 이유가 있기 때문이었다. 그는 무당파 장로들의 표정이 풀어지자, 자신의 본 목적을 꺼냈다.

"무당산은 현 상황에서 아주 중요한 요지라 할 수 있습니다. 해서 저는, 이 근처에 머물면서 구천신교를 상대할 작정입니다. 문제는 정천맹과 어느 정도 손발을 맞춰야 한다는 것인데……, 그 일을 무당이 도와주셨으면 합니다."

"정천맹이라……. 걱정 말게, 그 정도 일이라면 충분히 도와줄 수 있다네. 본 산에는 정천맹과 연락할 수 있는 전서구가 있으니까 말이야. 그리고 머물 장소가 필요하면 말하게나. 산 아래쪽에 제자들이 사용하던 진양관이 비어있다네. 사오십 명이 지내기에는 무리가 없을 게야."

말 몇 마디로 전서구와 거처까지.

사도무영은 만족의 미소를 지으며 고개를 숙였다.

"감사합니다, 장문인."

4.

소명진인은 제자 몇을 내려 보내 사도무영 일행이 지내는데 불편함이 없게 했다.

이부자리는 물론 취사도구에 곡식까지 내주고, 사도무영 일행이 몸만 들어가면 되게 해주었다.

 사실 무당파로서도 손해 볼 게 없었다. 사도무영 일행은 고수 아닌 사람이 없었다. 그들이 무당파의 아래쪽을 지켜준다면, 무당파로서는 투자의 몇 배 이익을 얻는 셈이었다.

 그렇게 진양관에 여장을 푼 사도무영은 무당산을 감시하고 있는 자들에 대한 상황을 자세히 조사하기로 했다.

 단순히 구천신교의 무사들이 몇 명 정도, 어디에 있다는 것을 떠나서, 그들이 어느 종파의 사람들이며 누구인지, 그것까지 알아내야 했다.

 그것을 알아내려면 만소개가 이끄는 개방의 제자와 무당 제자만으로는 한계가 있을 수밖에 없었다.

 사도무영은 그 일을 위해 도담과 적도광에게 수라단원들을 나누어 배정했다.

 "정면대결은 최대한 피하고, 일단 상대의 정확한 정체를 파악하는 일에 주력하시오."

 "알겠습니다, 령주."

 도담과 적도광이 고개를 끄덕이며 대답했다.

 그때 교상이 물었다.

 "저기, 령주님. 아무리 족쳐도 어떤 놈인지 알 수가 없으면 어떻게 합니까?"

 막도가 그를 째려보며 말했다.

 "멍청한 놈, 그런 놈은 머리를 잘라서 들고 와."

그 의견이 마음에 든 듯 미고가 고개를 끄덕였다.

"일일이 물어보는 것도 귀찮은데, 그럴 필요 없이 처음부터 머리만 잘라서 들고 오면 되겠네 뭐."

"그러려면 밧줄이나 보자기가 하나 있어야 할 텐데……."

웅성웅성…….

수라십이살 중 수라단원에 합류한 자들은 팔짱을 끼고 그 모습을 지켜보았다.

함께 있는 동안 어이없는 짓거리를 하도 많이 봐서 이제 새로울 것도 없었다.

아마 기존의 수라단원들이 신중한 행동을 한다면, 오히려 그때를 더 조심해야 할 것이었다.

사도무영은, 당장 달려가서 구천신교 교도들의 머리를 들고 올 것처럼 설쳐대는 수라난원들에게 경고했다.

"다른 말 하지 않겠다. 조장의 말을 잘 듣도록. 만약 불복종했다는 말이 들리면, 그 사람은 저 절벽에 사흘 동안 매달아놓고 굶길 테니까, 알아서 해."

힐끔 무당산의 암봉을 바라본 수라단원들이 슬그머니 고개를 돌렸다.

절벽에 매달리는 거야 겁날 것 없었다. 하지만 사흘을 굶는 것은 정말 두려운 일이었다.

"비겁하게 먹는 거 가지고 협박하기는……."

"하여간 쪼잔한 건 알아줘야 한다니까. 금덩이도 겁나게 많이 있으면서……."

 그날 밤, 조사를 나갔던 사람들 중 도담조가 돌아왔다. 조사를 마치는데 최소 이틀은 걸릴 거라 생각했던 사도무영으로선 의아하지 않을 수 없었다.
 하지만 도담에게는 그럴만한 사정이 있었다.
 개방제자로부터 무당산 감시를 총괄하는 자들이 곡성 근처에 있다는 말을 듣고 달려갔는데, 그곳에서 뜻밖의 사람을 본 것이다.
 "알고 보니, 일양종파의 염황적 장로께서 무당산 감시 책임자였습니다, 령주."
 사도무영의 눈이 커졌다.
 "염 장로님이?"
 "예, 령주."
 사도무영은 자신이 직접 염황적을 만나보기로 했다. 염황적이라면 말이 통할지 몰랐다.
 "그분은 어디 계시오?"
 "곡성 근처의 비원장이라는 작은 장원에 계십니다."

 다음 날 새벽.
 사도무영은 어스름이 물러가기 전에 도담조와 함께 무당산을 내려갔다. 장막심과 양류한이 그와 동행했다.

그들이 비원장에 도착한 것은 사시 무렵이었다.

사도무영은 백여 장 떨어진 곳에서 비원장을 살펴보았다.

크기는 운양장에 비해서 두 배쯤 될 것 같았다.

"몇 명이나 되오?"

도담이 비원장을 보며 대답했다.

"무사들만 백 명이 조금 넘습니다. 그런데 감시가 워낙 심해서 가까이 접근하기가 쉽지 않습니다."

무당파가 지척이니 감시가 심한 것은 당연했다.

물론 저들이 아무리 감시를 강화해도, 자신이 마음먹고 움직이면 안으로 잠입하는 것쯤은 일도 아니었다.

문제는 만에 하나 들켰을 때였다. 일양종파의 사람들을 죽일 수 없으니 그냥 나와야 하는데, 그리되면 저들의 감시망만 더욱 강화시키는 꼴이 될 것이었다.

모험할 이유가 없는 상황. 사도무영은 간단한 방법을 택하기로 했다.

'염황적이 있다면 염태충도 있겠지.'

그럴 가능성이 농후했다.

염황적보다는 아무래도 염태충을 만나기가 쉬울 터. 사도무영은 비문(秘文)으로 간단하게 서신을 하나 작성했다. 그리고 은자 한 냥을 주고 사람 하나를 사서 염태충에게 전하도록 했다.

개방제자를 활용할 수도 있지만, 거지는 구천신교가 의심할 소지가 다분해서 오히려 일반 양민보다 더 위험했다.

또한 내용을 비문으로 적었으니 중간에 빼앗겨도 큰 걱정은 없었다.

'누가 장난한 줄 알겠지.'

"염 조장님, 누가 찾아왔는데요?"

염태충은 자신을 찾아온 사람이 있다는 말에 의아한 표정을 지었다.

이 낯선 땅에서 누가 자신을 안단 말인가?

어쨌든 심심하던 차에 잘 된 일이었다.

정문으로 나가자 꾀죄죄한 중년인이 그를 기다리고 있었다.

"내가 염태충인데, 무슨 일로 나를 찾아온 거요?"

"헤헤, 다름이 아니라, 양양진의 선착장에서 만난 분이 무사 나리가 여기 계시다는 걸 알고 안부 좀 대신 전해주라고 하셔서······."

꾀죄죄한 중년인은 간사스럽게 웃으며 서신을 내밀었다.

순간 염태충의 눈빛이 착 가라앉았다.

'양양진의 선착장에서 만난 사람.' 그 말을 듣고 서신의 주인을 눈치챈 것이다.

"흠, 그 친구가 어떻게 알았지? 재주도 좋네."

염태충은 정말 친한 친구의 서신을 받은 것처럼 너스레를 떨면서 피식 웃었다.

그때 중년인이 나직이 말했다.

"시간 나시면 곡성의 춘하객잔에서 얼굴 한번 보고 싶다더군요."
"그래요? 흠, 생각해 보겠소. 그만 가보쇼."
중년인을 돌려보낸 염태충은 경비업무를 다른 사람에게 잠시 맡기고 숙부를 찾아갔다.

　부은 간은 좀 어떠십니까? 저에게 주신 약 덕분에 누이의 병을 고쳤습니다. 감사의 인사를 하고 싶습니다.

염황적은 그 서신을 보고 눈이 휘둥그레졌다.
'부은 간'에 대한 내용을 알고 있는 사람은 하늘 아래 단 네 명 뿐이었다. 자신과 친구인 혈천벽주 요만호, 사영과 사영의 조부.
감사의 인사를 하고 싶다는 말인 즉 만나고 싶다는 말이 아닌가.
"어디 있다더냐?"
"곡성의 춘하객잔에서 기다린다고 했습니다."
염황적은 자리에서 일어났다.
"가자."
"직접 만나보실 생각이십니까?"
"그래. 그에게 물어볼 것이 있다."

사도무영은 서신이 염태충에게 전해졌다는 것을 알고 약속 장소인 춘하객잔으로 갔다.

염황적이 염태충과 그의 심복 셋을 데리고 춘하객잔에 도착한 것은 오시 무렵이었다. 마침 점심 식사를 하는 시간이어서 그의 객잔 출입은 자연스러웠다.

도담이 그가 들어온 것을 보고 전음을 보냈다.

『이층으로 올라가셔서 회랑 끝에 있는 방으로 들어가십시오.』

염황적은 도담의 전음을 듣고 곧장 이층으로 올라가 회랑 끝에 있는 방문을 열었다.

사도무영은 들어서는 염황적을 보며 자리에서 일어났다.

장막심과 양류한은 염황적이 안으로 들어오자 입구 쪽으로 자리를 옮겼다.

두 사람은 진정으로 염황적의 인상에 감탄했다.

'인상 한 번 끝내주는군.'

'산적들도 할아버지라고 부르겠는데?'

염황적은 그들을 슬쩍 흘겨보고 사도무영의 앞으로 다가갔다.

"오랜만입니다, 장로님."

"잘 있었나?"

"부은 간은 좀 어떠십니까?"

염황적이 짐짓 눈을 부라렸다.

"내 간은 멀쩡하다네. 설마 자네 조부의 말을 믿는 건 아니겠지?"

그는 아직까지도 망혼진인이 사도무영의 조부인 것으로 알고 있었다.

"하하, 그건 장로님의 말씀을 믿지요. 그런데 장로님께서 주신 약으로 누이의 병을 치료한 것은 정말입니다."

"그 약이 정말 괜찮은 약이었단 말인가?"

"물론이지요. 사부님 말씀으로는 어떤 영약 못지않게 기혈에 좋은 거라고 하더군요."

"그, 그래?"

염황적은 손에 들어온 떡을 포기한 것이 못내 아까웠다.

'한 알만 줄 걸.' 그런 생각도 들었다.

사도무영은 염황적의 속마음을 짐작하고 웃음을 지었다.

"그리 앉으시지요, 장로님."

염황적은 사도무영의 앞자리에 앉았다.

사도무영은 염황적 앞에 있는 찻잔에 차를 따르고 염황적을 바라보았다.

"제가 장로님을 만나려 한 이유가 뭔지 아십니까?"

"나는 귀신이 아니네. 그러니 하고 싶은 말이 있으면 어서 해보게."

사도무영은 바로 본론을 꺼냈다.

"얼마 전, 수라곡을 멸망시킨 자들에 대한 걸 알아냈습니다."

"벽검산장의 용검회가 아니었나? 나는 그렇게 알고 있네만."

"맞습니다. 단, 그들이 전부가 아니라는 것이 다를 뿐이지요."
"전부가 아니다? 그럼 또 다른 자가 있었단 말인가?"
사도무영의 무심한 눈빛이 염황적의 두 눈에 꽂혔다.
"당시 살아남은 사람들이 있습니다. 그리고 그들 중 한 사람이 범인들을 봤지요."
"말하고 싶은 게 뭔지 모르겠지만, 속 시원히 말해 보게."
"그녀는 현유와 함께 온 사람들을 보고 나서야 용검회와 함께 수라곡을 친 자들이 누군지 깨달았다고 했습니다."
"그게 무슨……?"
"현천종파. 정확히는 대교주 북궁마야, 그가 보낸 사람들이지요. 다시 말해서, 북궁마야가 벽검산장의 용검회와 손을 잡고 수라곡을 멸망시킨 것입니다."
"말도 안 되는……. 그럴 이유가 없잖은가?"
"말이 됩니다. 이유도 충분하고요."
사도무영은 자신이 생각한 바를 염황적에게 말했다.
"수라곡의 멸망은 북궁마야에게 두 가지 이득을 가져다주었습니다. 그 일로 인해서 두려움을 느낀 종파들이 현천종파를 중심으로 하나가 되었고, 구천신교가 세상으로 나갈 명분이 확실하게 만들어졌지요."
"그것만으로는 부족하네. 그 일을 위해서라면 위험하게 용검회를 끌어들일 이유가 없잖은가?"
"그 일에 용검회를 끌어들인 것은, 수라곡을 멸망시킨 것으로 알려진 용검회가 정천맹과 손을 잡아야 정당한 명분을 세운 채 곧바로 정천맹을 칠 수 있기 때문입니다."

막힘없는 사도무영의 설명에 염황적은 허탈한 표정을 지었다.

"허어……."

하지만 그도 잠시, 그의 두 눈에서 분노의 불길이 일었다.

"결국 모든 것이 대교주의 기만이었단 말이지?"

"그는 구천신교의 꿈을 위해, 수라곡의 복수를 위해 정천맹과 싸우는 것이 아닙니다. 오직 하나, 자신의 욕망을 채우기 위해 구천신교의 교도들을 피의 혼돈 속으로 몰아넣고 있는 겁니다. 왜 나머지 종파들이 그의 욕망을 위해 희생되어야 하는 겁니까? 장로님께선 일양종파의 교도들이 그렇게 희생되어도 괜찮다고 보십니까?"

쾅!

염황적이 손바닥으로 탁자를 치고 일어섰다.

"내 그것이 사실이라면 가만있지 않을 것이야! 자신의 욕망을 위해 수라종파를 피로 뒤덮다니!"

성격도 급하시긴…….

"문제는, 당장 그 사실을 알려도 대부분의 종파들은 북궁마야에게 반기를 들지 않을 거라는 것입니다."

"왜!"

"기호지세(騎虎之勢)지요. 이미 달리는 호랑이 등에 올라탄 격입니다. 반기를 들기에는 늦었으니, 그들은 아마, 어차피 이렇게 된 것 북궁마야와 함께 강호를 취하는 게 나을 거라 생각할 겁니다."

염황적은 사도무영을 뚫어지게 바라보았다.

그러더니 털썩, 자리에 앉았다.

"정말 그럴 거라고 보나?"

그가 왜 모를까? 그럼에도 허탈감을 감추기 위해 사도무영에게 물었다.

"그들이 택할 길은 그것밖에 없으니까요."

염황적은 입을 꾹 닫고 허공을 노려보았다.

격노로 인해 입술이 잘게 떨렸다.

구천신교가 세상으로 나갈 계획은 있었지만, 본래 목적은 지금과 많이 달랐다. 그러다 수라곡이 멸망하면서 새로운 목적이 생겼다.

벽검산장과 정천맹을 상대로 수라곡에 대한 복수를 하고, 세상에 구천신교의 위대함을 알리고자 하는 것.

조금 전까지만 해도 염황적 역시 그렇게 생각했다. 그리고 그 목적에 대해서 별 불만이 없었다.

그런데 그게 아니라니. 모든 게 북궁마야의 욕망으로 인해 시작된 것이라니.

"후우……"

한숨을 내쉬며 겨우 마음을 가라앉힌 염황적은 사도무영을 직시했다.

"나를 찾아와 그 말을 했을 때는, 뭔가 바라는 게 있을 거라 생각하네만……."

5.

시원한 바람이 불어오는 어느 봄날. 석양이 지고 어둠이 밀려들 무렵이었다.

귀마곡 입구를 지키던 무사들은 눈을 부릅뜨고 전면을 쳐다보았다.

어둑어둑한 계곡 입구로 시커먼 그림자들이 다가오고 있었다.

"네, 네 사람이다."

경비무사 중 하나가 떨리는 목소리로 입을 열었다.

네 사람.

아마 다른 사람들은 이해하지 못할 것이다. 하지만 귀마궁 사람들은 그 숫자가 얼마나 무서운 숫자인지 잘 알고 있었다.

"지, 지미, 설마 그때 그놈들은 아니겠지?"

겨우 두려움을 참고 있던 자가 참지 못하고 물었다.

입구를 뚫어지게 바라보던 자가 안도의 한숨을 내쉬며 말했다.

"휴우, 아닌 거 같은데?"

"그래?"

"복면을 안 썼어. 승포를 입은 놈도 없고."

그제야 긴장이 풀어진 경비무사들은 귀마곡을 향해 다가오는 자들을 향해 걸음을 옮겼다.

거리가 가까워지자 다가오는 자들이 확연히 보였다.

숫자는 네 사람이 맞았다. 한데 복면도 쓰지 않았고, 행색도 완전히 달랐다.

젊은 놈이 하나, 늙은이가 둘, 중년인이 하나.

그렇게 강한 놈들 같지 않았다. 덩치도 모두 자신보다 작고.

경비무사의 조장인 위세군은 공연히 겁을 냈다는 생각이 들자 은근슬쩍 화가 났다. 그래서 그런지 묻는 목소리에 짜증이 묻어나왔다.

"어디서 오신 분들이쇼?"

네 사람 중 맨 앞에 서 있던 젊은 사람이 대답했다.

"한중에서 왔소."

한중이 다 너네 집이냐?

위세군은 대답을 한 젊은 놈을 꼬나보며 다시 물었다.

"무슨 일로 이 밤에 본 궁을 찾아온 거요?"

"이곳을 좀 빌릴까 싶어서."

"큭, 나 이거야 원. 요즘 왜 이리 미친놈들이 많아?"

그때 손 하나가 불쑥 튀어나오더니 위세군의 목을 움켜쥐었다.

"켁, 켁!"

위세군의 두 눈이 튀어나올 것처럼 커졌다.

손을 움직여 어떻게든 대항해 보고 싶은데, 물먹은 솜처럼 축 늘어진 몸이 꼼짝도 하지 않았다.
 그의 목을 움켜쥔 중년인이 씩 웃으며 말했다.
 "이놈아, 내가 보기에는 네가 더 미친놈 같다."
 멍하니 바라보고 있던 경비무사들이 도검을 뽑아들었다.
 "노, 놓아라!"
 "무슨 짓이냐!"
 위세군의 목을 움켜쥔 여문량이 피식 웃으며 위세군의 목을 쥔 손에 힘을 주었다.
 우직.
 위세군의 목이 옆으로 툭 꺾어졌다.
 여문량은 목이 꺾인 위세군을 경비무사들에게 던져주었다.
 "하늘을 몰라보았으니 죽어도 싼 놈이니라."
 털썩.
 경비무사들은 바닥에 떨어진 위세군을 보고는 몸을 덜덜 떨며 주춤주춤 뒤로 물러났다.
 세상에 사람을 저렇게 죽이다니!
 제길! 네 명이 왔을 때 미리 피했어야 하는데!
 하지만 여문량은 그들을 쳐다보지도 않고, 위지양을 향해 허리를 숙였다.
 "들어가시지요, 궁주."
 "그럽시다. 다들 시작하라고 하시오."
 "알겠습니다."

허리를 편 여문량이 조용히 웃으며 고개를 돌렸다. 그리고 곧 그의 목소리가 어둠으로 물들어가는 귀마궁의 하늘에 울려퍼졌다.
"궁주님의 명이 떨어졌다. 깨끗이 청소해라!"

둥, 둥, 둥, 둥!
귀마궁을 뒤흔드는 비상 북소리.
소스라치게 놀란 엄호가 벌떡 일어나서 소리쳤다.
"무슨 일이냐!"
전각문을 박차고 들어온 위사응이 창백한 얼굴로 보고를 올렸다.
"적이 쳐들어왔습니다, 궁주!"
"어떤 놈들이냐?"
"모르겠습니다. 사방에서 몰려드는데 하나같이 강한 자들입니다!"
"빌어먹을!"
엄청난 피해를 입은 지 몇 달이나 되었다고 또 이런 일이 벌어진다 말인가!
그때 그 일로 인해서 구천신교의 대업에도 동참을 못하고 치욕의 나날을 보내고 있거늘!
이를 악문 그는 두 눈을 광기로 번들거리며 소리쳤다.
"좋아! 네놈들이 죽든 내가 죽든, 오늘 끝장을 내자, 이놈들! 모두 나가서 놈들을 막아!"

 천마궁의 고수들은 파죽지세로 귀마궁 무사들을 때려눕혔다.
 강하게 저항하는 자는 죽이고, 그나마 투항하는 자는 팔다리 한두 개 부러뜨린 후 살려주었다.
 엄호가 밖으로 나왔을 때는 이미 귀마궁도의 반 수 이상이 바닥을 뒹구는 상태였다.
 엄호는 믿을 수 없다는 듯 멍하니 전면을 바라보았다.
 어떻게, 어떻게 이런 일이 벌어질 수 있단 말인가. 비상북소리가 울린 지 이제 반각도 지나지 않았거늘.
 그러나 그의 앞에 펼쳐진 광경은 환영도 아니었고, 그가 꿈을 꾸고 있는 것도 아니었다.
 "아버님! 놈들이 너무 강합니다! 일단 이곳을 빠져나가십시오!"
 엄우청의 참담한 목소리가 귓전을 맴돌았다.
 하지만 그는 그 소리를 듣지 못한 사람처럼, 싸움이 벌어지는 한가운데로 뛰어들었다.
 "이놈들! 내가 바로 귀환마종 엄호니라!"
 그가 노리는 자는, 전장의 한가운데에 오만한 표정을 지은 채 서 있는 젊은 놈이었다.
 그는 꿈에도 생각지 못했다. 자신이 노리는 사람이 바로 천마궁의 주인인 철혈신마 위지양인 것을!

쾅!

엄호는 머릿속이 왱왱 울리는 충격을 받고 뒤로 훌훌 날아갔다.

털썩!

삼 장 밖으로 나가떨어진 엄호는 다섯 바퀴나 구른 다음에 떨리는 손으로 땅을 짚고 겨우 일어섰다.

맙소사! 칠사팔마 중 하나인 자신이 단 오 초만에 무력화되다니!

"쿨룩, 쿨룩……."

피거품이 기침을 할 때마다 튀어나왔다. 폐에 이상이 생긴 듯하다.

서 있기조차 힘든 상황. 하지만 그는 후들거리는 다리에 억지로 힘을 주고 서서 위지양을 바라보았다.

죽을 때 죽더라도 자신을 죽인 사람이 누군지, 왜 이런 일이 벌어졌는지 알고 죽어야 속이 시원할 것 같았다.

"당신은 누구……. 왜, 왜 이러는 거요. 대체 왜……!"

가까스로 입을 여는데 핏물이 주르륵 쏟아졌다.

하지만 엄호는 위지양에게서 시선을 떼지 않았다.

'제발 말해줘! 편히 죽을 수 있게!'

위지양이 그의 마지막 소원을 들어주었다.

"내 아우의 집을 넘본 죄다, 엄호."

전에는 마누라라더니, 이번에는 아우다.

미칠 일이었다.

"내가, 내가 언제 당신 아우 집을 넘봤단 말이오!"

"아우의 가족을 죽이고 집을 불태우겠다고 했다던데, 아니었나?"

"글쎄, 내가 어떻게 당신 아우를 안단 말이오!"

"이상하군, 그럼 아버님이 거짓말했단 말인가?"

"나는 당신 아우도 모르고, 당신 아버님도 모르오. 모른단 말이외다!"

그런데 왜 남의 집에 와서 이 난리야!

엄호는 울고 싶을 만큼 격해진 감정으로 위지양을 노려보았다.

그때 위지양이 말했다.

"정말 천보장에 그런 말을 하지 않았단 말이지?"

헉!

"처, 천보장이라고?"

"전에 아버님이 왔을 때 말하지 않았나?"

전에?

그럼 마누라 타령하던 그 미친놈이……!

"이, 이런 개 같은……, 빌어먹을 일이……."

"표정을 보니 맞긴 맞나 보군."

엄호는 턱이 덜덜 떨렸다.

그랬다. 분명 그런 협박을 했다. 하도 답답하고, 짜증나고, 화가 나서.

그런데……, 완전히 잘못 건드린 것 같다.

장주라는 계집이야 원래 사납기로 유명했으니 그렇다 치고, 남편이란 작자도 그렇고, 아들이라는 작자도 그렇고, 모두가 한 성깔 하는 자들이 아닌가 말이다.

'내가 미쳤지! 하필 그런 곳을 건드리다니…….'

엄호는 툴툴 웃으며 앞으로 꼬꾸라졌다.

'크크, 재수 더럽게 없군.'

그때 머릿속이 하얗게 비어가는 그의 귓속으로 아득한 목소리가 들려왔다.

"염라대왕이 묻거든, 철혈신마 위지양이 보내서 왔다고 하도록."

꼬꾸라진 엄호의 눈이 튀어나올 것처럼 불거졌다.

'처, 철혈신마?'

위지양은 죽어가는 엄호를 뒤로 한 채 몸을 돌렸다.

백궁명이 그에게 다가왔다.

"궁주, 저항하는 자는 모두 죽이고, 본 궁에 무릎 꿇은 자들만 남겨놓았습니다."

"빠져나간 자는?"

"현재까지는 없습니다."

"흠, 쓸만한 자들이 있소?"

"많지는 않습니다만, 잘 가르치면 이삼십 명 정도는 삼단에 배치할 수 있을 것 같습니다."

"그 정도면 아쉬운 대로 괜찮군."

위지양은 담담한 표정으로 고개를 끄덕이고 몸을 돌렸다.

"아우에게 연락이 올 때까지 경계를 늦추지 마시오. 우리가 이곳에 자리 잡은 것이 알려지면 안 되니까."

"알겠습니다, 궁주."

백궁명에게 명을 내린 위지양은 하늘을 올려다봤다.

구름 사이로 일그러진 달이 보였다.

'지금쯤 포검산장도 자리를 잡았겠군.'

포검산장은 귀마궁에서 동북쪽으로 백오십 리 떨어진 곳에 있는 삼룡채를 치고 그곳에서 대기하기로 했다. 그들의 능력으로 산적의 소굴 하나 접수하는 것은 일도 아닐 터였다.

이제 사도무영으로부터 연락이 오기만 기다리면 되는 상황.

그런데……, 기분이 묘했다. 가슴이 답답했다.

정을 버리고 마와 패를 택하며, 자신을 버린 세상을 힘으로써 굴복시킬 거라 맹서했다. 그리고 천마궁을 일으켰다.

마침 세상에 혼돈의 시기가 도래하여 모든 것이 그의 뜻대로 되는 듯했다.

한중을 접수하고 섬서의 서남부를 장악했을 때만 해도 그 시기가 멀지 않았다고 생각했다.

그런데 지금은?

구천신교와 정천맹은 중원 한가운데에서 천하의 패권을 놓고 싸우거늘, 자신은 구석진 곳에 웅크려 누군가의 연락을 기다리고 있다.

 어쩌다 이렇게 된 걸까?

 자신과 사도무영과의 약속. 그것이 발목을 잡고 있어서? 과연 그럴까?

 반드시 그런 것만은 아니다.

 아우의 말은 분명 옳다. 옳기에 약속을 했다. 그리고 약속했으니 지켜야 하는 것은 당연하다. 지키지 못할 약속이었으면 처음부터 하지 말았어야 했다.

 의리와 약속. 그것은 자신의 신념이다.

 의리를 버리고 자신의 집안을 멸망케 한 위선자들과 같은 길을 걸을 거라면, 차라리 세상에 나오지도 않았을 것이다. 자신이 천마를 받아들인 의미가 사라지니까.

 그러니 아우와의 약속만이 이유라 할 수만은 없다.

 그럼 뭐란 말인가?

 왜 이렇게 마음 한구석이 답답하단 말인가.

 차라리 전 무력을 이끌고 나와서 구천신교와 정천맹과 존망을 걸고 한판 싸우는 것이라면 이리 답답하지는 않을 것을!

 「내 마음속에 질시와 욕망이라는 괴물이 자라고 있는 건가? 진정 그런 건가? 말해봐라, 천마여!'」

 「인간은 누구나 욕망을 가질 수밖에 없다. 그러니 너라고 별 수 있겠느냐?」

 「나는 욕망 때문에 세상에 나온 것이 아니다. 세상을 힘으로 굴복 시켜서 운명에 대한 복수를 하고 싶었을 뿐!」

「으하하하! 복수, 운명을 거스르고 싶은 마음! 그것이 욕망이 아니면 무엇이란 말이냐! 스스로를 부정하지 마라, 위지양! 힘으로, 마로 천하를 피로 뒤덮어라! 야망을 펼쳐라! 본래 그러기 위해서 세상에 나온 것이 아니더냐?」

「복수도, 운명을 거스르려는 것도 욕망이라……. 어쩌면 그럴지도 모르겠군. 하지만 천마여, 나는 그대가 아니다. 천하를 도모해도 내 방식대로 할 것이다.」

「어리석구나! 의리 따위가 뭐라고 야망을 억누르려 한단 말이냐? 천마의 힘을 지닌 네가, 한푼 값어치도 없는 의리 때문에 모든 걸 포기하겠단 말이더냐!」

「후후후후, 하하하하! 의리 따위라……. 천마여, 그래서 그대는 사고랑산의 구석진 동굴에서 쓸쓸하게 죽어간 것이야.」

「위지야아아아앙!」

위지양은 가느다란 미소를 지으며 고개를 저어 천마와의 교감을 끊었다.

마음속에 도사리고 있는 천마와 한바탕 했더니 답답하던 가슴이 조금은 편해졌다.

천마의 말은 옳았다. 분명 자신에게는 욕망이 있었다. 가슴이 답답했던 것도 욕망으로 인한 불만 때문이었다.

내가 왜 이렇게 지내야 하나. 수천 마인을 다스리는 내가 왜 아우의 말대로 움직여야만 한단 말인가? 그런 본능적인 불만.

아우여, 항상 그 자리에서 나를 지켜보아라

그도 자신에게 그러한 욕망과 불만이 있다는 것을 부정하지는 않았다.
그렇다고 해서 당장 그 마음을 드러낼 생각은 없었다.
전날, 사도무영에게 대답했다. 형답게 행동할 거라고.
그러자 사도무영이 말했다. 사람들이, 세상이 자신을 가만두지 않을 거라고.
그럴지도 모른다. 아니 분명 그럴 것이다.
하지만, 좋은 기회인데도 아우가 무서워서 안 되겠다고 답한 것 또한, 장난으로 한 말이 아니라 진실 된 마음이었다.
형과 아우라는 관계를 떠나, 사도무영은 마음만 앞세워서 상대할 수 있는 존재가 아닌 것이다. 천하 마도가 자신을 밀어준다 해도.
소중하면서도 두려운 단 하나의 존재.
하기에 사도무영이 존재하는 한 약속은 지켜질 것이었다.
자신의 결정이 잘못된 것인지도 모른다. 천하를 취할 수 있는 단 한 번의 기회를 놓칠지도 모른다. 하지만 후회하지는 않을 것이다.
'아우, 나는 천마가 되는 것이 두렵다. 그러니 항상 그 자리에서 나를 지켜보아라.'

1.

 여주의 정천맹은 혼란 속에서도 빠르게 정상을 찾아갔다.
 각 문파에서 보내온 정천단원들이 속속 도착했고, 정도를 지향하는 중소문파의 무인들이 작은 힘이나마 보태기 위해 정천맹으로 달려왔다.
 그들 중에는 강호에 위명을 날리는 자도 있었고, 이제 강호 초출로 구천신교와의 대전에서 이름을 날려볼 욕심이 있는 자도 있었다.
 정천맹은 상관하지 않았다. 정의를 위해 목숨을 내걸 수 있는 무사면 누구든 환영했다.
 살아남은 정천맹 총단의 간부들도 전과 판이하게 달라져 있었다.

 생사를 넘나드는 격전을 몇 차례 치르면서, 그들의 얼굴에 씌워져 있던 교만이라는 두꺼운 껍질이 많이 얇아진 상태였다.
 교만한 마음만 버렸더라도, 구천신교를 대등한 적으로만 인식했어도 이렇게 벼랑 끝까지 몰리는 일은 없었을 것이거늘!
 그들은 그 모든 일이 자신들 스스로 자초한 결과라는 걸 인식하고 각오를 새롭게 다졌다.
 이대로 마도의 무리에게 무너질 수는 없는 일이 아닌가!

 이십여 일이 흐르자, 당장 구천신교를 칠 정도는 아니지만, 최후의 보루인 여주를 지킬 정도는 되었다.
 그런데 사람의 마음이란 게 참으로 간사했다. 아니 어쩌면 시간의 힘이 무서운 것일지도 몰랐다.
 사람들이 모이고 힘이 쌓이자 또 다른 껍질이 그들을 덮기 시작했다.
 자신감, 자부심, 용기, 그 모든 게 뭉치면서 구천신교에 대한 두려움이 희석되고, 자만이라는 싹이 피어나기 시작한 것이다.

 정천맹에 전서구 한 마리가 날아든 것은 그렇게 사월이 무르익어갈 무렵이었다.
 정첩당주 황보민은 수하가 들고 온 전서통의 봉인에 '군사

친전'이라 쓰인 것을 보고 곧장 제갈현종에게 전달했다.

"무당에서 보내온 것입니다, 군사."

제갈현종은 봉인을 뜯고, 대롱 안에 든 돌돌 말린 서신을 꺼냈다.

잠시 후, 서신을 읽어가던 제갈현종의 눈빛이 오랜만에 생기를 띠며 번뜩였다.

서신이 온 곳은 무당이 맞지만, 보낸 사람은 무당의 제자가 아니었다.

'사도무영, 마침내 그가 본격적으로 움직이기 시작한 건가?'

많은 무사들이 모여들어서 숫자로는 구천신교에 뒤지지 않는다. 하지만 구천신교와의 싸움에서 숫자는 그리 중요하지 않다.

절정 이상의 경지에 오른 고수. 중요한 것은, 그러한 고수들이 얼마나 되느냐 하는 것이었다.

그런데 사도무영 본인은 말할 것도 없고, 그의 곁에는 절정 경지에 이른 고수들이 많았다.

더구나 서신에 쓰인 대로 그가 무당산 주위를 정리한다면 무당파도 전격적으로 움직일 수 있다는 말.

답답한 상황에서 사도무영의 서신은 한줄기 빛이 아닐 수 없었다.

'맹주님을 만나야겠군.'

제갈현종은 서신을 접어 소매 속에 넣고 자리에서 일어났다.

"몸은 좀 어떠십니까. 맹주?"
"공력을 구 할 정도 되찾았네. 내상도 곧 완치될 게야."
청무진인은 제갈현종의 인사에 담담히 웃으며 대답했다.
하지만 청무진인의 내상은 쉽게 완치될 성질의 것이 아니었다.
화산에서 급하게 가져온 자하신단도, 소림에서 내놓은 대환단도 연이은 대결로 깊어진 그의 내상을 한순간에 고쳐놓지는 못했다.
제갈현종도 상황을 모르지 않았다. 그러나 그에 대해선 더 이상 말하지 않고 소매 속에서 서신을 꺼냈다.
"사도 공자가 보낸 서신입니다. 한 번 보시지요."
"사도무영이?"
청무진인은 놀란 표정을 숨기지 않고 반문하며 서신을 받았다.
서신에는 깨알처럼 작은 글씨가 빽빽하게 적혀 있었다.
잠시 후, 서신을 다 읽은 그는 고개를 들고 제갈현종을 바라보았다.
"흐음……. 그래, 군사는 어떻게 생각하는가?"
생각하고 말고 할 것도 없었다.
천하의 정도문파들이 모두 정천맹을 주시하고 있는 판국이었다. 정천맹이 구천신교를 제압해 주기만을 학수고대하면서.
"사도무영이 무당파와 함께 움직여준다면, 절호의 기회가 될 거라 봅니다."

"차라리 힘을 한 곳으로 결집하는 게 낫지 않겠는가?"

"어차피 본 맹의 전력이 늘어나는 만큼 구천신교의 전력도 늘어나고 있습니다. 오히려 그동안 숨죽이며 살았던 마도인들이 모두 세상으로 기어 나와서, 저희보다 더 빠른 속도로 무력이 증강하고 있는 실정이지요."

사실이 그랬다. 그로 인해서 곳곳의 정도문파들이 혈겁을 당하고 있는 상황이었다.

그리고 더 큰 문제는, 정천맹의 세력이 더 클 때까지 구천신교가 기다려주지 않을 것이라는 점이었다.

"놈들이 본격적으로 올라오면 조가장에 남아 있는 전력만으로는 놈들을 막을 수 없습니다. 또한 남양에서 여주 사이의 정도문파들이 모두 위험해질 것입니다. 그럴 경우 총단이 무너지면 더 물러설 곳도 없지요. 하지만 조가장을 강화해서 본진으로 삼으면, 최악의 경우가 닥친다 해도 여주로 물러나서 재기를 도모할 기회가 한 번은 더 있을 겁니다."

패할 것을 미리 생각하고 계획을 짜야 하다니.

자존심이 상했다.

하지만 틀린 말이 아니니 반대만 할 수도 없었다.

청무진인은 인상을 잔뜩 찌푸리고 마지못한 표정으로 대답했다.

"으음, 알겠네. 일단 전체적인 계획에 대해선 맹주의 권한으로 승낙하겠네."
"감사합니다, 맹주."
"단, 구체적인 계획에 대해선 차후 협의를 거친 다음 실행하도록 한다는 단서를 달도록 하게."
"그리 알리겠습니다."
"사도무영이 본 맹에 큰 도움을 주었다는 걸 본 맹주도 모르지 않네. 앞으로도 그의 도움이 필요할 것이고 말이야. 아무리 그렇다 해도 본 맹이 그에게 끌려갈 수는 없는 일이네. 매사에 그 점을 유의해서 계획을 짜도록 하게."
 제갈현종이 그 말에 알 수 없는 답답함을 느꼈다. 하지만 일체 마음을 드러내지 않았다. 그도 청무진인의 마음을 아는 것이다.
 연전연패. 대 정천맹 맹주의 명예가 땅에 떨어진 상황. 그런데 그런 청무진인의 머리 위로 사도무영의 그림자가 자꾸만 크게 덮여져 온다.
 자존심이 상하는 것도 충분히 이해할 수 있었다.
"예, 맹주."

 거처로 돌아온 제갈현종은 싸늘히 식은 차를 찻잔 가득 따라 단숨에 마셨다.
 '이전의 실수는 나 하나로 족하다. 맹주께서 사도무영에 대해 지나친 생각을 하시면 안 되는데⋯⋯.'

청무진인이 제아무리 큰 깨달음을 얻은 도인이라 해도 인간이라는 본질은 변함이 없다.

제갈현종은 그래서 걱정이었다.

차라리 사도무영이 청무진인보다 더 나이 많은 선배 고인이라면 걱정할 것이 없었다. 청무진인도 순순히 받아들일 테니까.

하지만 그는 청무진인에 비해 손자 나이밖에 안 되었다.

청무진인은 정천맹의 패배로 마음이 무겁던 터에 그런 사도무영의 이름에서 무게를 느끼자 감정이 흔들리는 듯했다.

'감히, 나이도 어린놈이 이래라저래라 하다니……' 그런 마음 말이다.

인간이니 이해할 수 있는 일이었다. 하지만 그로 인해서 엉뚱한 일이라도 벌어지면, 문제가 커질 것이었다.

그렇게 제갈현종이 고민을 거듭하고 있을 때 한 사람이 정천맹에 찾아왔다.

2.

정천맹의 위사들은 정문으로 다가오는 사람을 보고 눈을 크게 떴다.

처음에는 바로 알아보지 못했다. 오죽하면 그의 남루한 행색을 보고 눈살을 찌푸리는 위사가 있을 정도였다.
"실력만 있으면 누구든 뽑는다니까, 별의별 사람이 다 모여드는군."
그런데 한 줄기 바람이 머리를 옆으로 날려버리자, 위사들 중 몇이 그를 알아보았다.
"헉! 제갈 대협이……?"
"맙소사!"
휘날린 머리카락 사이로 보이는 얼굴, 분명 제갈신운이었다.
제갈신운은 정문위사의 위사장인 종서문의 앞까지 곧바로 다가간 다음 담담히 말했다.
"군사를 만나러 왔네. 내가 왔다는 사실은 당분간 다른 사람에게 알리지 말게. 필요하면 내가 알릴 테니까."
"아, 알겠습니다."

"군사, 천유검 장로께서 오셨습니다."
들뜬 목소리가 문 밖에서 들렸다.
'누구?'
순간, 제갈현종은 자신의 귀를 믿을 수가 없었다.
그러나 곧 정말로 제갈신운이 왔다는 걸 알고 벌떡 자리에서 일어났다.
"안으로 모셔라!"
문이 열리고, 남루한 행색을 한 제갈신운이 안으로 들어왔다.

제갈현종은 안으로 들어서는 제갈신운을 뚫어지게 바라보며 단도직입적으로 물었다.

"돌아온 것이냐?"

"세가를 찾아야 하지 않겠습니까?"

"그래, 그래야지. 잘 왔다, 정말 잘 왔어. 허허허허."

제갈현종은 고민을 털어버리고 환하게 웃었다. 이렇게 속 편하게 웃은 것이 얼마 만인지 모를 지경이었다.

곧 시비가 차를 내오고, 다향이 흐르며 분위기가 차분하게 가라앉았다.

제갈현종은 어느 정도 마음이 가라앉자 제갈신운을 직시했다.

"사도무영에게서 연락이 왔다."

"다행이군요."

"다행? 뭐가 말이냐?"

"그는 정천맹을 탐탁하게 생각지 않고 있습니다. 정천맹이 그를 먼저 내쳤으니까요. 그런데 연락이 왔다는 것은, 아직 정천맹과 완전히 등을 돌릴 마음은 없다는 말이 아니겠습니까?"

그러한 일이라면 제갈현종도 할 말이 있었다.

그는 쓴웃음을 지으며, 양번에서 약속을 어긴 일에 대해 말해주었다.

"……결국 그 바람에 큰 손해를 보고 물러나야만 했지. 그 이후로 연락이 없었는데, 오늘 무당에서 전서구가 왔다. 사도무영 이름으로."

"그러잖아도 정천맹의 구태의연한 행동방식을 싫어하는 그에게 제대로 한 방 먹였군요."

설마 제갈신운이 그런 말을 할 줄이야.

제갈현종은 기이한 눈으로 제갈신운을 바라보았다.

"전과 달라진 것 같구나."

"세상으로 나가보니 조금 가벼워지더군요. 대신 그만큼 높이 올라갈 수 있어서 더 많은 것을 볼 수 있었습니다."

제갈현종은 허리를 세웠다.

그는 그제야 제갈신운의 기운이 전보다 훨씬 부드러워지고, 눈빛은 짐작조차 못할 만큼 깊어졌다는 것을 깨달았다.

"벽을…… 깼느냐?"

목소리가 떨려서 나왔다.

하늘의 도움이 없으면 이를 수 없다는 절대의 벽을 깼다면, 제갈신운이 일대에 겨우 한두 명만이 오른다는 절대의 경지에 올랐다는 말이다.

"운이 좋았습니다, 숙부."

"복이로구나. 이제 완벽한 용이 되었어. 허허허허, 그럼 그렇지, 조상들께서 세가의 어려움을 외면하실 리가 없지."

당장이라도 눈물을 흘릴 것 같은 제갈현종을 보고 제갈신운은 입을 다물었다.

'하지만 이런 저도 사도무영 그 친구만큼은 어쩔 수가 없습니다. 그는 단순한 용이 아닌, 천외천룡(天外天龍)입니다, 숙

부.'

 잠시 후, 마음을 가라앉힌 제갈현종이 물었다.

 "사도무영을 어떻게 생각하느냐?"

 "그는 제가 판단을 내릴 수 있는 사람이 아닙니다, 숙부. 다만 강호의 현실이, 그를 배제하고 구천신교의 행보를 막을 수 없다는 것만큼은 분명한 사실입니다."

 "나 역시 그를 폭풍이 부는 강호 위에 우뚝 선 거목으로 생각한다. 하지만 거목 한 그루가 폭풍으로부터 강호 전체를 막아줄 수는 없는 법이지 않겠느냐?"

 "그거야 당연한 일이지요. 문제는 그를 대신할 사람이 없다는 겁니다. 그의 나이가 젊다 해서 과소평가하는 오류를 범하지는 마시기 바랍니다."

 제갈현종은 속으로 뜨끔했다.

 청무진인을 이해하는 것도 그의 나이가 워낙 어리기 때문이다. 솔직히 그도 그런 마음이 아주 없는 것은 아니었으니까.

 그런데 제갈신운의 말을 들으니 사도무영의 그림자가 더욱 커보였다.

 "정말 그 정도라 생각하느냐? 네가 속한 대정천이라면 충분히 그를 대신하고도 남을 거라 보고 있다만."

 "그는 그이고, 대정천은 대정천입니다. 솔직히 말씀드려서, 저는 그 한 사람을 대정천 전체와 같이 보고 있습니다."

 제갈현종은 눈을 휘둥그렇게 떴다.

설마 사도무영 한 사람을 대정천과 동등하게 보다니.

'말도 안 되는 소리!'

문제는 그 말을 한 사람이 제갈신운이라는 점이다.

진심일까?

그러나 제갈신운이 아직 모르는 사실이 있었다. 만일 그것까지 알고 있었다면, 그는 절대 그 말을 하지 않았을 것이다.

그런데도 제갈현종은, 제갈신운이 사도무영을 높이 사다 보니 조금 과장해서 말했다고 생각했다.

'아무렴 대정천과 그 한 사람의 힘이 동등하려고.'

놀라움을 가라앉힌 그는 자신이 가장 궁금하게 여기는 바를 물었다.

"대정천에서 앞으로 어떻게 할 것인지 아는 것이 있느냐?"

제갈신운이 굳은 표정으로 말했다.

"얼마 후면 대정천의 사람들이 정천맹으로 올 것입니다, 숙부."

"어, 얼마나 오느냐?"

"거의 모든 사람들이 올 겁니다, 숙부."

"그래?"

제갈현종의 얼굴에 환한 웃음꽃이 피었다.

이제야 모든 일이 제대로 풀려나가는 기분이었다.

제갈신운은 그 모습을 보며 눈을 한 번 감았다 떴다.

'그 일을 하기 위해 하마터면 죽을 뻔했지요.'

하지만 그에 대한 이야기를 피하고 말을 돌렸다.
"무당에서 온 서신을 볼 수 있겠습니까?"

서신을 다 읽은 제갈신운은 한참 만에 고개를 들고 제갈현종을 직시했다.
"어떻게 하실 생각이십니까?"
제갈현종은 잠시 망설였다.
맹의 군사로서 맹주와 나눈 이야기를 해줘도 될 것인가?
하지만 그는 결국 청무진인과 나눈 이야기를 해주기로 했다.
제갈신운은 정천맹의 사람 중 사도무영에 대해 누구보다 잘 아는 사람이었다. 또한 자신이 가장 믿을 수 있는 사람이기도 했다.
혼자 고민만 할 것이 아니라 털어놓고 상의해서 일을 처리하는 게 나을 것 같았다.
"……해서 옳다고 생각되는 일은 그의 요구대로 움직이되 중대한 사항은 협의한 다음 결정할 생각이다. 아무래도 그는 본 맹의 상황을 우리보다 모를 테니, 자칫 무리한 요구가 있을지도 모르는 일 아니겠느냐?"
각자의 상황은 당사자가 더 잘 아는 만큼 협의해가며 신중을 기하자는 말.
하지만 속뜻은, 단 것은 일단 삼키고, 쓴 것은 약인지 독인지 알아본 다음 약일 때만 먹겠다는 뜻이다.

제갈신운은 입맛이 썼다.

"정천맹의 장로들 중 사도 공자를 탐탁지 않게 생각하는 사람들이 많지요?"

제갈현종은 쓴웃음을 지으며 대답했다.

"많다기보다는 일부 몇 사람이 그를 마음에 들어 하지 않는 것 같다."

맹주도 조금은 그런 마음이 있는 듯 보였다. 그걸 알기에 자신도 모르게 표정이 무거워졌다.

제갈신운은 제갈현종의 말과 표정에서 상황이 생각보다 더 심각하다는 걸 느끼고 마음이 착잡했다.

"일단 제가 사도 공자를 만나서 이야기해 보겠습니다. 하지만 그 전에, 이것 한 가지만큼은 분명하게 지켜주십시오, 숙부."

"말해 봐라."

"그를 이용하려고 하지 마십시오."

3.

쩌저저적!

삼 장 높이의 석벽이 벼락이라도 맞은 듯 거미줄처럼 갈라졌다.

그리고 어느 순간, 천둥소리를 내며 통째로 무너져 내렸다.

콰르르르릉! 콰과과광!

굉음이 묵천곡을 무너뜨릴 것처럼 울리고, 먼지가 구름처럼 일어나며 전면의 광장을 뒤덮었다.

휘이이이잉!

때마침 밀어닥친 거센 바람이 먼지구름을 한쪽으로 몰고 갔다.

순간, 혈천벽에 뚫린 거대한 구멍이 만인 앞에 서서히 모습을 드러냈다.

높이가 삼 장이 넘는 거대한 동굴이었다.

그런데 먼지가 모두 걷히고, 동굴의 모습이 완전히 드러났을 때였다.

"시원하군. 역시 바깥바람이 좋긴 좋아."

낭랑하면서도 왠지 차갑게 느껴지는 목소리가 거대한 동굴 안에서 메아리쳤다.

그리고 곧 동굴 안에서 상당수의 사람들이 걸어 나왔다.

짙은 흑의, 묵빛 피풍의를 둘러쓴 장한이 선두를 걷고, 그 뒤를 흑의장포를 입은 자들이 따르고 있었다.

무표정한 얼굴, 일정한 걸음걸이.

그들은 모두 삼십 대였는데, 간간히 불어오는 바람에 장포를 휘날리며 묵묵히 걷는 그 모습은 마치 유령이 움직이는 듯했다.

피풍의를 두른 장한은 십여 장을 걸어 나온 다음에야 걸음을 멈췄다. 그리고 앞에 펼쳐진 장관을 보며 만족한 표정을 지었다.

먼지구름이 걷힌 광장에는 수백 명이 모여 있었는데, 그들은 장한이 모습을 드러내자 일제히 오체복지하며 외쳤다.

"혈천의 벽이 무너졌으니 현천의 세상이 도래하리라!"

"현천대군의 강림을 감축드리옵니다!"

"대군이시여!"

장한은 광장을 둘러보며 누군가에게 묻듯이 말했다.

"늦지는 않았겠지?"

바로 뒤쪽에 서 있던 현유가 고개를 깊숙이 숙이고 대답했다.

"대교주께선 대군께서 나오시는 시점이 현천 세상의 시작이라 하셨습니다. 걱정하지 않으셔도 됩니다."

"아버님이 그렇게 말했단 말이지? 하하하하, 좋아, 그럼 가 볼까?"

"바로 신지를 나가실 생각이십니까?"

"하루라도 빨리 세상을 보고 싶다, 현유."

"알겠습니다, 대군. 그럼 소제가 안내하겠습니다."

고개를 든 현유는 몸을 돌렸다.

바위처럼 굳은 그의 얼굴이 잘게 떨렸다.

마침내 세상으로 다시 나왔다. 팔 하나를 버린 대신 현천마수를 달고서. 북궁악과 함께.

처음, 북궁악이라는 존재를 알았을 때 얼마나 놀랐던가.

현천대군은 단지 전설일 뿐이라 생각했다. 현천의 세상이 도래

했을 때, 현천세상을 이끄는 자가 곧 현천대군이라 알았다.

그런데 그게 아니었다. 현천대군은 미래에 탄생할 자가 아니라, 이미 탄생되어 자라고 있는 전설이었던 것이다.

빌어먹을! 북궁조에게 쌍둥이 동생이 있었다니!

그가 혈천벽 안쪽의 비처에서 이십 년을 넘게 살아왔다니!

그걸 제자인 자신에게조차 알리지 않았다니!

그 사실을 안 순간 저 밑바닥에서 끓어 오른 분노로 인해 미칠 것 같았다.

북궁조만을 벽이라 생각했거늘, 북궁조만 넘으면 현천교의 교주가 될 수 있지 않을까 했거늘, 그게 여름날의 개꿈이었을 줄이랴!

하지만 그것도 일순간뿐이었다.

북궁악과 마주친 순간, 그는 자신이 어릴 때부터 꾸었던 꿈을 모두 포기했다.

북궁악은 사람이 아니었다.

그는 진정한 어둠의 하늘이자, 극마(極魔)의 마인(魔人), 현천대군(玄天大君)이었다.

'북궁악과 함께 세상을 피로 물들이는 것도 괜찮겠지. 사영, 그놈도 찢어죽이고.'

걸음을 내딛는 그의 잇새로 나직한 목소리가 흘러나왔다.

"현천백팔마령(玄天百八魔靈)은 대군을 호위하고 나를 따르라."

아무런 대답도 없이, 뒤에 늘어서 있던 백팔 명의 흑의장포인이 움직이기 시작했다.

4.

한 사람이 진양관으로 들어선 것은, 따뜻한 날씨가 사람들의 눈꺼풀을 천근만근으로 내리 누를 때였다.

도관 벽에 기대앉은 채 졸고 있던 장막심은 들어오는 사람을 보고 졸린 눈을 비비며 벌떡 일어났다.

"어? 제갈 대협이 아니십니까?"

그의 말에 사람들이 모두 입구를 주시했다.

놀리려고 거짓말하는 게 아닐까?

대부분이 그런 마음이었다. 이미 몇 번 속은 터여서 더욱 그랬다.

하지만 들어서는 사람은 정말로 제갈신운이었다.

"잘 있었나?"

"어떻게 된 일입니까? 양번에서 기다려도 안 오시고, 운양장에도 안 오시고."

"그럴 일이 있었네. 사도 공자는 안에 있는가?"

"있습니다. 가시죠."

사도무영의 두 눈에서 이채가 번뜩였다.

제갈신운이 안으로 들어서는데, 그의 전신에서 이전과 달리 활기가 엿보인 것이다.

"일이 잘 처리되었나 보군요."

밑도 끝도 없는 말이었지만, 제갈신운은 담담히 웃으며 답했다.

"자네 눈은 못 속이겠군. 좌우간 늦어서 미안하네."

"별말씀을 다하십니다."

"그동안 많은 일이 일어났더군. 정천맹은 여주까지 밀려나고 말이야."

"안타까운 일이지요."

"오면서 보니 대단한 분들이 와계신 것 같던데."

"근래에 몇 가지 일이 있었습니다."

진양관에 자신의 아버지와 천불사의 고승이 와 있다는 걸 알면 어떤 반응을 보일까. 거기다 천마궁과 용검회의 일마저 알게 되면?

그러면 아무리 침착한 제갈신운도 입을 벌리지 않을 수 없을 것이다.

한 번 시험해볼까?

장난기가 동했지만 사도무영은 일단 참고 말하지 않았다.

직접 보고 놀라는 모습을 보는 게 더 즐거울 것 같았다.

"혹시 한 대협은 만나지 못하셨습니까?"

"만났네."

제갈신운의 대답은 사도무영에게도 의외였다.
만나지 못했을 가능성이 크다고 생각했는데…….
어쨌든 죽지 않고 살아있다는 것은 반가운 소식이었다.
"다행이군요. 다치신 곳은 없는지 모르겠습니다."
"별로 없었네. 양번에서 잘 먹고 잘 지내고 있더군. 자네를 만난 후 바로 양번으로 돌아간 모양일세."
"예?"
자신을 만나고 돌아갔다고? 무슨 소리지? 자신은 만상루가 무너진 이후로 한상을 만난 적이 없는데?
제갈신운이 의아해하는 사도무영을 보고 피식 웃었다.
"몰랐나? 그가 바로 한상이란 걸 말이야."
그?
문득 한 사람이 떠올랐다.
"설마……, 부상당한 몸으로 운양장에 왔던 그 사람이……?"
"장난 좀 치려고 그랬다니 한 번 봐주게나."
어이가 없어 말이 나오지 않았다.
얼굴만 달라진 것이 아니었다. 어깨도 좁아졌고, 키도 작게 보였다. 그런데 그 사람이 한상이었다니!
정말 하늘도 속일 변장술이 아닐 수 없었다.
더구나 연기마서 워낙 뛰어나서 의심조차 해보지 않았으니…….
"대체 그분 진짜 얼굴이 뭡니까? 둥근 얼굴입니까, 아니면……."

제갈신운은 쓴웃음을 지으며 고개를 저었다.

"나도 정확히는 모르네. 얼굴을 워낙 자주 바꿔서 자신도 어떤 게 진짜 자신의 얼굴인지 헷갈린다고 하더군."

"하, 하, 거 참……."

사도무영은 풀썩 웃으며 어깨를 으쓱 추켜올렸다.

그때 제갈신운이 착 가라앉은 눈빛으로 말했다.

"오면서 정천맹에 들렀다 왔네. 군사를 만났지. 그 일로 자네와 할 말이 있네."

"말씀하시지요."

"먼저……, 대정천에 대해 얼마나 알고 있는가?"

"그저 남들이 아는 정도에 불과하지요."

"내가 대정천의 사람이란 걸 알고 있을 거라 보네만."

"짐작은 하고 있었습니다."

제갈신운은 머리를 끄덕이고는 대정천에 대한 이야기를 본격적으로 꺼냈다.

"삼십여 년 전, 대정천이 왜 해체 직전까지 갔는지 아는가?"

사도무영은 고개를 가로저었다.

하긴 그 사실을 누가 얼마나 알까.

제갈신운이 말을 이었다.

"사람은 누구든 하늘 위에 하늘이 있는 것을 싫어하지. 한데 정천맹도 다르지 않았네. 당시 맹주셨던 무당의 우양진인께선 대정천의 힘을 정천맹에 흡수하려고 했지. 크게 잘못된 것은 아니지만, 대정천의 존립목적과는 정면으로 배치되는 의견이었네. 결국 이견이 생긴 맹주와 천주는 은연중에 견원지간처럼 되어 버렸는데, 그 와중에 문제가 생겼지."

정천맹이 그동안 대정천에 보내던 기재들을 더 이상 보내지 않기로 한 것이다.

소림을 제외한 구파와 오대세가에서는 그 결정을 환영했다. 기재를 차출당하지 않으면 그만큼 자신들의 힘이 커질 테니까.

게다가 거기에 더해서 자금지원을 끊어버렸다. 당시 삼 년 동안 가뭄이 들어 강호가 흉흉했는데, 대정천에 보낼 돈으로 강호의 빈민을 돕겠다는 것이었다.

대정천도 그러한 이유에는 반론을 하지 못했다.

그렇게 정천맹과 대정천의 관계가 묘한 방향으로 흐를 무렵, 새롭게 대정천주가 된 소림 출신의 요공대사가 한 가지 대안을 마련했다.

완전한 차출이 아닌 일정기간만 차출하기로 한 것이다. 그것도 본문에는 알리지 않고 비밀리에. 기재 중의 최고 기재들만으로.

조금 복잡하기만 할뿐 어려울 것은 없었다. 소문이 나면 어릴 때부터 살펴본 다음, 대성천의 교두들이 개별적으로 접촉해서 아이들을 가르치면 되었으니까.

그리고 만 이십 세가 넘으면, 강호여행이라는 명목으로 이

삼 년 문파를 떠나게 해서 대정천으로 오게 했다.

젊은 기재들은 이십 세가 되기 전까지는 자신들이 대정천의 가르침을 받고 있다는 것도 몰랐다.

대정천의 가르침을 받은 기재들은 나중에 자신들이 대정천의 선택을 받았음을 알고 모두 감격했다. 한 사람도, 누구도 대정천을 거부하지 않았다. 그 덕분에 비밀은 철저히 유지 되었다.

"말이 쉽지, 그동안 천주께서 겪은 마음의 고초는 결코 작지 않았다네. 암암리에 지원해주던 소림에서조차 탐탁지 않게 생각했으니까. 그렇게 삼십 년이 지나면서 천주의 마음도 정천맹에서 멀어졌지."

"그래도 정천맹을 돕기 위해 고수들을 파견하지 않았습니까?"

"맹주이신 청무진인 때문에 어쩔 수 없었지. 그분은 대정천의 존재를 알고 있었으니까."

"그럼……, 청무진인도 대정천과 연관된 분이었습니까?"

"그렇다네. 본래 대정천에 속한 분이셨는데, 맹주로 추대되는 바람에 대정천에서 나가셨지."

"그런데 왜 대정천에서는 정천맹을 전적으로 돕지 않은 겁니까?"

"천주께선 과거의 일이 반복되는 걸 원치 않으셨네. 당장은 대정천의 도움이 필요해서 손을 벌리지만, 일이 끝나면 또 대정천과는 등을 돌릴 거라 생각하신 것이지."

그럴 가능성은 얼마든지 있었다. 인간의 마음이란 조석지변 하는 법이니까.

더구나 정천맹이 설마 구천신교에 밀리기야 하겠는가 하는 생각도 했을 것이다.

그리고 사실이 그랬다.

"천주께선 정천맹이 이렇게까지 밀리고 있을 줄 생각도 못했다가 상황이 이리 되자 고심을 하셨네. 하지만 끝내 고집을 꺾지 않으셨지."

해서 제갈신운은 담판을 짓기로 작정했다.

대정천의 법대로.

-천주의 의견을 뒤집으려면 사대호법의 합공을 백 초 견뎌내야 한다.

강자의 율법(律法)!

정천맹에는 결코 없는, 정파를 지킬 강자를 길러내기 위한 대정천만의 법을 따르기로 한 것이다.

"결국 사대호법과 한판 붙었지."

사도무영은 조용히 웃으며 말했다.

"이기셨군요."

그러니 이곳에 서 있는 거겠지.

"죽을 뻔했지만 결국 찰나간의 차이로 이겼네. 전에는 각자가 나와 비슷한 무위였는데 말이야."

제갈신운은 머쓱한 표정으로 말하며 마주 웃었다.

"아마 자네를 만나지 못했다면 어림없는 일이었을 것이네."

"그럼 대정천이 모두 나오기로 한 겁니까?"

"그렇다네. 천주께선 가슴에 남은 앙금을 털어내기로 하셨네. 나 역시 하마터면 죽을 뻔했지만, 정천맹에 대한 마음은 그것으로 어느 정도 정리가 되었지."

하필 정천맹이 어려울 때 떠난 그였다. 그것이 마음에 걸렸던 것 같았다.

"흠, 대정천이 본격적으로 움직인다면 상황이 훨씬 나아지겠군요."

"아무리 그래도 자네가 없으면 안 되네. 정천맹에 대해서 안 좋은 마음인 것은 알지만 도와주게나."

"저도 그렇게 속 좁은 놈은 아닙니다."

"나야 잘 알지. 자네가 구천신교를 무너뜨리려 한다는 것도 알고."

단순히 구천신교를 무너뜨리는 정도라면 굳이 제갈신운이 따로 부탁할 것도 없었다.

사도무영도 제갈신운이 하고자 하는 말을 모르지 않았다.

"정천맹이 저를 반길지 모르겠군요. 전에 들으니까 저를 싫어하는 분들이 많은 것 같던데요."

"장로들을 위해서가 아니라, 죄 없이 죽어갈지 모르는 일반 무사들을 위해서 도와주게나."

사도무영은 쓴웃음을 지으며 고개를 끄덕였다.

"알겠습니다."

대답을 하면서도 정천맹을 위해 싸우고 싶은 마음은 별로 들지 않았다. 구천신교가 싫어서 그들과 싸우려는 것일 뿐이었다.

'위지 형님도 나 같은 마음이었겠지.'

사도무영은 일단 자세한 이야기는 뒤로 미루었다.

"대협께 소개시켜드릴 분이 있는데, 함께 가시죠? 자세한 이야기는 그 후에 하기로 하고요."

사도무영은 제갈신운을 데리고 사도관이 있는 곳으로 갔다.

그때까지도 만날 사람에 대해선 아무런 말도 해주지 않았다.

'소개야 만난 다음에 해도 되지 뭐.' 그런 마음으로.

'어떤 반응을 보일까?' 조금은 궁금하기도 했고.

사도관의 방에서는 사도관과 광효와 공이대선사가 담소를 나누고 있었다.

세 사람은 사도무영과 제갈신운이 들어서자 멀뚱멀뚱 쳐다보았다.

반면 솜털까지 올올이 곤두선 제갈신운은 경악한 마음을 억누르기 위해 숨을 멈춰야 했다.

'대체 저 사람들이 누군데……!'

사도무영이 세 사람에게 제갈신운을 소개했다.

"이분은 제갈신운이라는 분입니다."

제갈신운은 엉겁결에 두 손을 올려 포권을 취했다.

"제갈세가의 제갈신운입니다."

사도관이 벌떡 일어나서 두 손을 쫙 벌렸다.

"오오오! 천유검 제갈 대협을 이곳에서 만나다니. 정말 반갑소이다!"

"아 예, 저 역시……."

그런데 누구지?

하지만 사도관이 이름을 말하기도 전에 광승이 자리에서 일어나며 제갈신운을 노려보았다.

"강하군! 시주, 나가서 나와 붙어보세!"

"예?"

광승과 마주서자 세맥에 깃들었던 기운까지 모조리 움직였다. 마치 대적을 마주한 것처럼.

제갈신운은 어이가 없으면서도 상대의 강함에 절로 손에 땀이 찼다.

그때 공이대선사가 광승을 올려다보며 혀를 찼다.

"쯔쯔쯔, 앉아, 이놈아."

광승은 찍소리도 못하고 슬쩍 자리에 앉았다. 눈은 여전히 제갈신운을 향한 채.

공이대선사는 말 한마디로 광승을 주저앉히고 제갈신운을 향해 빙그레 웃었다.

그는 혼돈세상의 주역 중 한 사람을 또 만났다는 것이 무척 즐거웠다.

"허허허, 이 늙은 땡초는 공이라고 하네. 반갑구먼."

"제갈신운입니다."

자신과 비교해도 절대 뒤지지 않는, 어쩌면 더 강할지도 모르는 자를 말 한마디로 꼼짝 못하게 한 사람이다.

제갈신운은 공손하게 인사를 하고 사도무영을 바라보았다.

그제야 사도무영이 세 사람을 소개했다.

"저분은 천불사의 큰스님이신 공이대선사님이십니다."

천불사!

제갈신운의 눈이 커졌다.

그러든 말든 사도무영이 광효를 소개했다.

"그리고 저분은 천불사의 광효대사님이시지요."

공이대선사가 한마디 덧붙였다.

"대사는 무슨, 미친 땡초라니까."

사도무영은 빙그레 웃으며 마지막으로 사도관을 가리켰다.

"제 아버지십니다, 제갈 대협."

사도관은 호딩한 웃음을 터드리며, 포권을 취힌 채 두 손을 흔들었다.

"음하하하, 사도관이올시다. 무영이의 아버지 되지요. 요즘 섬서에서는 저를 신룡검협이라고 부른다고 하는데, 솔직히 과분한 별호지요. 하, 하, 하……."

제갈신운은 마주 인사를 하면서도 머릿속이 복잡했다.

'사도 공자의 아버지?'

천불사의 노승, 광기마저 보이는 이상한 중년승, 거기에 사도무영의 아버지까지. 그는 정신을 차릴 수가 없었다.

그 바람에 사도관이 왜 별호까지 말했는지는 미처 생각지도 못했다.

사도관은 자신이 별호를 말했음에도 제갈신운이 별반 반응을 보이지 않자, 그에 대한 평가를 조금 하향 조정했다.

'음, 아직 여기까지는 내 별호가 알려지지 않았나? 그래도 아는 척하면 오죽 좋아? 사람이 너무 고지식하군. 쩝…….'

제갈신운은 자신이 사도관의 눈 밖에 났다는 것도 모르고 고개를 숙였다.

"만나 뵙게 되어서 반갑습니다, 사도 대협."

"나도 반가웠소이다."

처음과 달리 조금은 퉁명스런 대꾸.

사도관의 마음을 꿰뚫어본 사도무영은 웃음이 나오려는 걸 꾹 참고 말했다.

"그럼 담소 나누십시오. 저는 제갈 대협과 아직 남은 이야기가 있어서 그만……."

제갈신운은 사도관의 방을 나온 다음에야 정신이 들었다.
그때 문득 숙부인 제갈현종의 말이 떠올랐다.
장로회의에서 반대하면 사도무영과의 연수를 포기할 수밖에 없다고 했던가?
'후우, 최소한 벽을 쌓지는 않아야 될 텐데……'
하지만 그의 놀람은 이제 시작일 뿐이었다.
사도무영은 방으로 돌아가자, 마침내 천마궁과 포검산장에 대한 이야기를 간단하게 꺼냈다.
하지 않는 게 낫지 않을까 하는 생각도 있었다. 그러나 정천맹 쪽에서도 누군가는 그들의 존재를 알고 있어야 했다. 그래야 계획이 어긋나서 마주치더라도 싸우지 않을 테니까.
제갈신운이라면 중간 역할을 잘 할 수 있을 것이었다.
제갈신운은 사도무영의 설명을 듣고는 벼락을 맞은 사람처럼 경악에 휩싸였다.
"그게 사실인가?"
"그들은 직접적으로 개입하는 걸 원치 않습니다. 이유는 제갈 대협께서 잘 아실 겁니다."
제갈신운은 침중한 표정으로 고개를 끄덕였다.
그가 왜 모를까. 정천맹은 천마궁의 참여를 반기지 않을 것이고, 벽검산징 역시 포검신장의 합류를 달갑게 여기지 않을 것이다.
자신조차 걱정이 앞서는데 그들인들 오죽하겠는가.

"어련히 알아서 했을까 싶네만, 천마궁을 믿을 수 있을지 모르겠군."

제갈신운이 의문을 품자, 사도무영이 한 가지 사실을 더 밝혔다.

"최소한 적으로 나타나지는 않을 겁니다. 알고 보니까, 천마궁의 주인이 제 의형이더군요."

"의, 의형이라고? 철혈신마가?"

천하의 제갈신운이 말을 더듬었다.

사도무영은 그가 어떤 표정을 짓던 담담히 그때의 사정을 설명해 주었다.

"예, 포검산장과 천마궁이 싸우는 곳에 아버지하고 광효대사께서 달려갔다고 하기에 정신없이 쫓아갔는데, 그곳에서 아버지가 철혈신마와 싸우고 있지 뭡니까. 그래서 제가 아버지 대신 나서려고 했는데, 보니까 철혈신마가 의형이더군요. 조금만 늦었어도 큰일 날 뻔했지요."

제갈신운은 멍한 표정으로 사도무영을 바라보았다.

아버지와 의형이 싸워? 그런데 그 의형이 철혈신마였단 말이지?

농담이야, 진담이야?

사도무영이 이 상황에서 농담이나 할 사람이 아니라는 걸 알기에 더 어이가 없었다.

도대체 이 친구에게 얼마나 더 많은 것이 숨겨져 있는 걸까?

하지만 사도무영은 조금도 이상할 게 없다는 듯 말을 이었다.

"좌우간 그렇게 되어서 싸움이 멈추었습니다. 그리고 제가 양 세력의 주인들에게 도와달라고 부탁했는데, 다행히 제 부탁을 거절하지 않더군요."

"그렇게 해서 천마궁과 포검산장이 사도 공자를 돕기로 했다고?"

"그렇습니다. 뭐 의심되는 일이라도……?"

"아, 아니네."

너무 어이가 없어서 물어본 것 뿐.

어쨌든, 이야기를 마친 사도무영은 제갈신운에게 다시 한 번 다짐을 받았다.

"최후의 순간까지 그분들에 대한 이야기를 정천맹에 하시면 안 됩니다. 만약 미리 알려진다면, 지금까지 한 이야기는 모두 없던 것으로 돌아갈 겁니다."

수뇌부에 있는 간자를 솎아냈다고는 하지만, 아직 구천신교의 눈이 모두 제거된 것은 아니었다.

설령 그것이 아니어도 정천맹은 천마궁의 참여를 반기지 않을 것이고, 벽검산장 역시 포검산장의 합류를 달갑게 여기지 않을 것이다.

제갈신운은 석상처럼 굳은 표정으로 고개를 끄덕였다.

"알겠네. 명심하지. 그들을 보기 전까지는 나 자신조차도

잊고 지내겠네."

사도무영은 그 정도에서 만족하고 화제를 돌렸다.

"조카이신 제갈유 공자도 정천맹에 있습니까?"

"그렇다네."

"그럼 그에게 한 가지만 확인해 주십시오."

"뭔가?"

제7장
거지가 개에게 밥을 줘?
그걸 믿으라고?

1.

제갈신운은 다음 날 진양관을 떠났다. 이른 아침, 해가 떠오르기도 전이었다.

그는 떠나기 전 사도무영에게 허리를 깊숙이 숙여 인사했다.

당황한 사도무영이 급히 말렸지만, 제갈신운은 지금의 삶이 사도무영 덕분에 이어가는 것이니 그 정도 인사는 받을 자격이 있다고 하며 끝내 허리를 숙였다.

말려봐야 소용없음을 안 사도무영은 어색한 웃음을 지으며 마주 허리를 숙였다.

그리고 그날 오후. 마침내 염황적으로부터 만소개를 통해 연락이 왔다. 그를 만난 지 나흘째 되던 날이었다.

종주께서 고민 끝에 결정을 내리셨네. 우리는 대파산으로 돌아갈 것이네. 철수가 마무리되려면 모레 오전은 되어야…….

"됐어!"
　사도무영은 서신을 읽고 만족한 표정을 지었다.
　일양종파는 구천신교의 종파 중 현천교 다음으로 강력한 세력을 지닌 곳이다. 비중으로 따진다면 구천신교 무력 중 일 할 정도.
　물론 혈음사가 합류하고 천하의 마도 고수들이 몰려드는 걸 생각하면, 실질적으로 미치는 영향은 그보다 훨씬 작다고 봐야 했다.
　하지만 그들이 빠짐으로써 구천신교라는 거대한 벽에 구멍이 하나 생기는 것만큼은 분명한 사실이었다.
　그가 바라는 것은 바로 그 구멍이었다.
　지필묵을 꺼낸 그는 간단한 서신 하나를 작성했다.
　"만소개 형, 이걸 염 장로님에게 전해주시오."
　"알겠습니다요."
　만소개는 서신을 품속에 집어넣고 힘차게 고개를 끄덕였다. 자신이 중심적인 역할을 한다는 것에 신이 난 듯했다.
　사도무영은 만소개가 떠난 직후 방을 나섰다.
　'송무도장이 왔다고 했는데, 아직 있는지 모르겠군.'

앞마당으로 나가자, 마침 장막심과 양류한이 검을 논하며 티격태격하고 있는 모습이 보였다.

한쪽에선 도담과 적도광, 그리고 수라단 몇 명이 그 모습을 구경하고 있었는데, '말로만 싸우지 말고 검을 뽑아!' 그렇게 외치고 싶은 표정들이었다.

사도무영은 두 사람의 심각한 표정을 보고 제법 심오한 검결을 논하는 줄 알았다. 하지만 몇 마디 들어보니 꼭 그런 것만은 아니었다.

"그러한 초식은 형님처럼 큰 검을 사용하는 사람에게나 어울리지 저에겐 안 어울립니다."

"검의 경중이나 장단과는 상관없다니까? 이건 기세라고, 기세!"

"글쎄, 그런 초식은 형님이나 펼치십시오. 제가 인상 쓰고 검풍을 일으킨다고 해서 누가 겁먹겠습니까? 아마 비웃음이나 안 사면 다행일 겁니다."

"하아, 뭘 모르는군. 자네 얼굴도 나 못지않게 무서운 무기라네. 특히 여자들에게는 아주 강력한 무기지."

구경하던 도담 등도 그 말만큼은 인정한다는 듯 고개를 끄덕였다.

특히 미고는 두말할 것 없다는 듯 깔깔거리며 말했다.

"호호호호, 아마 여자들은 몸이 짜릿짜릿해서 잘 움직이지도 못할 걸? 나야 뭐, 양가보다 장 오라버니가 더 마음에 들지만."

교상도 은근슬쩍 한마디 끼어들었다.
"얼굴하면 양가지. 나는 상상하는 것만으로도 짜릿해서 다리가 오그라들 거 같……."
퍽!
"나설 데서 나서라, 교상. 확, 목을 쳐버리기 전에! 령주님, 이 더러운 자식, 언제까지 살려두실 겁니까?"
양류한의 고개가 천천히 돌아가자, 막도가 먼저 교상의 뒤통수를 갈기고 소리쳤다.
사도무영은 그 모습을 보며 피식 웃었다.
말은 그렇게 하면서도 싸움이 벌어지면 교상을 제일 먼저 챙기는 사람이 막도였다.
아마 지금도, 교상이 양류한의 화풀이 대상이 될까 봐 미리 선수를 친 것일 확률이 높았다.
'훗, 생긴 건 곰처럼 생겼는데 머리는 너구리라니까.'
그때 장막심이 사도무영의 의견을 물었다.
"아우는 어떻게 생각해? 내 말이 맞아, 틀려?"
"틀린 말은 아니죠."
사도무영은 자신의 의견을 말하고는, 발끈한 양류한이 반론을 펴기 전에 재빨리 물었다.
"형님, 송무도징님이 오셨다는데, 어디 계신지 아십니까?"
"송무도장? 아까 아버님 방으로 들어가던데?"

사도관의 방에는 송무도장뿐만이 아니라, 공이대선사와 광효도 와 있었다.

섭장천은 보이지 않았는데, 깨달음의 실마리를 잡았다며 며칠째 자기 방에서 두문불출한다더니 아직 나오지 않은 듯했다.

"모두 여기 계셨군요. 즐거운 이야기를 나누시는데, 제가 방해되지 않았나 모르겠습니다."

사도무영이 가볍게 인사말을 건네자, 사도관이 빙그레 웃으며 물었다.

"방해는 무슨. 그런데 무슨 일이냐?"

"송무도장님께 물어볼 것이 있어서 왔어요, 아버지."

송무도장이 의아한 표정으로 반문했다.

"빈도에게 말이오?"

"그렇습니다. 지금 장문인을 만나고 싶은데, 장문인께서 시간이 어떠실지 모르겠군요."

"장문인을? 흐음, 지금이라면 상관없을 거요. 어차피 돌아가야 할 때가 되었으니, 빈도가 안내하겠소이다."

송무도장이 자리에서 일어나자, 사도관과 공이대선사와 광효도 일어났다.

"무영아, 나도 같이 가자. 무당파에 왔는데 장문인께 인사는 드려야 하지 않겠냐?"

'엉뚱한 소리만 하지 마세요.'

"이 늙은 땡초도 오랜만에 자소궁 구경 한 번 해볼까? 이놈아, 너는 여기 그냥 있어라."

엉거주춤 일어서던 광효는 공이대선사의 말에 밝은 표정을 지으며 다시 자리에 앉았다.

공이대선사는 그 모습을 보고 혀를 찼다. 광효의 속이 훤히 보인 것이다.

"쯔쯔쯔, 이놈아, 이 늙은이하고 함께 있는 게 그렇게 힘드냐?"

광효는 슬며시 고개를 돌리고 시선이 마주치는 것을 피했다.

사조와 함께 있으면 마음대로 행동할 수도 없고, 말도 조심해야 하고, 모든 게 답답했다. 그럼에도 사조를 거부하지 않는 것은, 사조 앞에서는 광기가 치밀어 오르지 않기 때문이었다.

사문의 어른이기 때문에 그런 걸까?

그럴지도 몰랐다. 하지만 아무리 생각해도 단순히 그런 이유는 아닌 듯했다.

'분명 뭔가 있다. 사조님은 그 이유를 아실지도······.'

어쩌면 자신의 광기를 고칠 방법도 알지 몰랐다.

송무도장은 사도관과 공이대선사의 동행을 거부하지 않았다.

사도관은 사도무영의 부친이라는 것을 떠나서, 인간됨이 순박하게 느껴지는 사람이었다. 가끔 엉뚱한 말을 해서 그렇지.

그리고 공이대선사는 사도무영이 공경하는 노승인데다가, 중년의 나이인 광효의 사조라고 했다.

그렇다면 나이가 소명도장보다 더 많을지도 몰랐다.
말하는 투만 봐서는 진짜 땡초가 아닌가 의심이 들기도 하지만, 어쨌든 장문인을 만날 자격은 충분했다.
송무도장은 두어 번 이야기를 나눠보고도, 그들이 어떤 사람들인지 자세하게 알지 못했다.
무당에서는 싸울 일이 없었으니까. 무당산의 출입이 막힌 바람에 섬서의 소문도 제대로 듣지 못했고.
그렇게 해서 사도무영은 사도관과 공이대선사와 함께 송무도장을 따라 자소궁으로 올라갔다.

소명도장은 사도무영과 함께 들어서는 두 사람을 반갑게 맞이했다. 송무에게서 두 사람에 대한 이야기를 들은 것이다.
"이제야 두 분을 뵙는구려."
사도관이 환한 표정으로 포권을 취했다.
"신세를 지고 있으면서도 여태껏 인사를 드리지 못했습니다. 사도관이라 합니다. 이 아이의 아비 되지요, 하, 하, 하!"
"반갑소이다."
'음, 이 양반도 신룡검협이라는 별호를 아직 못 들어봤나 보군.'
들어봤으면 신룡검협의 본명이 사도관이라는 것도 알 텐데.
사도관이 내심 서운해 하는데 공이대선사가 소명도장을 빤히 바라보며 웃었다.

"흘흘흘, 오경이 둘째를 택한 것은 잘한 일이야."
순간 소명도장의 얼굴에서 웃음이 사라졌다.
오경. 그 이름은 소명도장의 사부인 오경진인의 도호였다.
이 노승이 누군데 사부의 도호를 아무렇게나 부르는 걸까?
더 의아한 것은, 사부가 첫째 제자인 소은 사형이 아닌 자신을 장문인으로 내정한 이유를 알고 있는 것처럼 말한다는 것이었다.
"도우께서는 사부님을 잘 아시오?"
"잘 아냐고? 흘흘흘, 잘 알지. 아마 생전에 나를 많이 원망했을 게야. 본사에 찾아왔을 때 내가 좀 심하게 놀려줬거든."
"예?"
"나 때문에 코뼈가 뒤틀리고, 이마에 큰 상처가 났지. 이 땡초는 손님을 상하게 한 죄로 일 년간 면벽을 했고 말이야."
소명도장도 사부의 코뼈가 뒤틀리고 이마 한가운데에 상처가 난 것을 알고 있었다. 그리고 어디서, 누구 때문에 그렇게 되었는지도.
공이대선사의 긴 눈썹을 본 그의 눈이 휘둥그레졌다.
"그럼……, 도우께서 천불사의 장미신승 공이……?"
"클클클, 속 좁은 말코, 제자에게 다 일러바쳤나 보군."
벌떡 일어난 소명도장이 고개를 숙였다.
"소명이 대선사를 뵈옵니다."
"겉치레인사는 하지 않아도 되네. 무당의 장문인이 함부로 고개를 숙이면 되겠는가?"

"대선사께서 오신 것을 알았으면 당장 달려 내려갔을 텐데, 어찌 말씀하지 않으신 겁니까?"

"오경의 복수를 하겠다고 달려올까 봐 그랬지."

"예?"

"흘흘흘, 놀라긴. 농담이네. 왜, 땡초는 농담을 하면 안 되나?"

소명도장은 쓴웃음을 지었다.

백 살이 다 되었을 텐데도 사부에게 들은 그대로였다.

그때 공이대선사가 사도무영에게 말했다.

"이제 네 일을 보거라."

소명도장의 눈도 사도무영을 향했다.

담담히 웃으며 지켜보던 사도무영이 입을 열었다.

"본격적으로 움직이기에 앞서, 무당산의 출입을 막고 있는 자들을 청소할까 합니다. 장문인께선 어떻게 하실 것인지 알고 싶어서 왔습니다."

2.

사도무영이 소명도장을 만난 지 이틀 후, 무당산에서 사람들이 대규모로 몰려 내려왔다.

사도무영 일행과 무당파의 제자, 그리고 무당산에 자리 잡고 살아가던 기인들까지 총 이백 명이 넘는 숫자였다.
 무당파의 제자들은 전과 달리 장로와 중견제자들이 거의 대부분 망라되어 있었다.
 힘에 밀려서 갇혀 지내다시피한 치욕을 반드시 설욕하겠다는 의지였다.
 또한 섭장천도 닷새 동안의 칩거를 깨고 방을 나와 일행에 합류했다.
 사도무영은 그를 보고, 마침내 그가 두꺼운 껍질을 하나 벗어냈다는 것을 눈치챘다.
 그렇게 무당산에서 이백 명에 달하는 사람들이 내려오자, 무당산을 감시하던 구천신교의 동쪽 감시조에 비상이 걸렸다.
 감시조는 감히 그들을 막지 못하고 비원장으로 달려갔다.
 하지만 비원장에는 총책임자인 염황적은 물론이고, 일양종파의 교도들이 한 사람도 남아 있지 않았다.
 동쪽 감시조의 조장인 화화종파의 화곡당주 진가해가 안절부절못하며 물었다.
 "이 중요한 때에 염 장로님은 어딜 가신 거지?"
 비원장을 지키고 있던 수밀종파의 수청대주 소정은 갑작스런 상황에 어쩔 줄을 몰랐다.
 "나도 모르네. 새벽에 잠시 어딜 다녀오신다고 하셨는데, 그 이후로 안 보이네."
 "이거 미치겠군!"

"진 당주, 어떻게 할 생각인가?"

"어떻게 하긴! 장로님도 안 계시는데 우리가 감당할 수 있을 것 같은가?"

"그럼 이대로 물러나잔 말인가? 그랬다가는 자칫 우리가 죄를 뒤집어쓸지 모르네."

"그럼 우리 힘만으로 저들과 싸우잔 말인가? 저들은 모두 이백 명이나 되네. 게다가 무당의 장로와 중견고수들이 모두 내려왔단 말일세!"

"우리도 모두 합하면 백오십 명은 될 거네. 시간을 끌고 있으면 염 장로님과 일양종파 사람들이 오지 않겠나? 그도 불안하면 즉시 지원을 요청하세."

"빌어먹을! 없어진 것은 염 장로님뿐만이 아니네. 일양종파의 교도들도 모두 없어졌어. 아무래도 이상해."

"설마 도망치기라도 했단 말인가? 그건 말도 안 되는 소리네."

"나도 알아! 아니까 더 미치겠다는 거지!"

두 사람이 갑론을박하고 있을 때였다. 한 사람이 안으로 뛰어들었다.

그는 진가해의 수하 중 하나로 무당산에서 내려온 자들을 감시하고 있던 자였다.

"진 당주님! 소 당주님!"

"무슨 일인가? 놈들이 벌써 곡성에 들어오기라도 했는가?"

"그, 그게 아닙니다!"

거지가 개에게 밥을 줘? 그걸 믿으라고? 217

"그럼 뭔데 그리 호들갑인가?"

"적들 중에……, 적들 중에……."

진가해가 수하를 다그쳤다.

"이 사람이! 말을 똑바로 하게! 적들 중에 지옥수라도 사영이라도 있다는 거야, 뭐야!"

"바로 그겁니다! 적들 중에 사영이 끼어 있습니다!"

진가해와 소정의 안색이 동시에 창백해졌다.

"뭐야!"

"그게 사실인가!"

"분명 그자입니다! 속하가 호교무장전을 할 때 앞자리에서 봤기에 그자의 얼굴을 똑똑히 기억하고 있습니다!"

진가해와 소정이 서로의 얼굴을 쳐다보았다.

이제 각자의 주장은 아무 의미가 없었다. 사영이 나타났다면 그들이 내릴 결정은 하나뿐이었다.

"어서 이곳을 벗어나세!"

"당연하지! 빨리 빠져나가야 그나마 그자의 얼굴을 보지 않게 될 거야!"

3.

사도무영 일행이 비원장에 도착했을 때는 굶주린 강아지 한

마리만 장원 안을 돌아다니고 있었다.

"이놈들이 다 어디 간 거지?"

장막심은 무혈입성 한 것이 불만인지 장원 안을 둘러보며 투덜댔다.

그때 안쪽으로 들어갔던 만소개가 바짝 마른 강아지를 안고 나왔다.

그 모습을 보고 사도관이 눈살을 찌푸리며 말했다.

"그 불쌍한 것을 잡아먹으려고?"

만소개가 급히 변명했다.

"아, 아닙니다. 배고픈 거 같아서 밥 주려고……."

거지가 개에게 밥을 줘? 그걸 믿으라고?

"쯔쯔쯔……."

사도관이 혀를 차며 고개를 저었다.

'개밥이나 안 뺏어 먹으면 다행이지.' 꼭 그렇게 말하고 싶은데 참는다는 표정이었다.

만소개가 사도관의 마음을 눈치채고 벌게진 얼굴로 소리쳤다.

"정말 안 잡아먹는다니까요!"

그래도 사도관은 끄떡하지 않았다.

"강한 부정은 긍정이라고, 누가 그러던데……."

"내일 보면 아시잖아요!"

"며칠 살 찌웠다가 잡아먹을지 누가 알아?"

"정 못 믿겠으면 내기를 해요! 어때요?"

"내가 아무리 내기를 좋아해도 거지하고는 안 하네. 거지에게 뭐 뺏어먹을 게 있다고……."

만소개는 울상이 된 얼굴로 사도무영을 쳐다보았다.

사도무영이 피식 웃으며 만소개를 구해주었다.

"그만 하시고 안으로 들어가요, 아버지."

"그럴까?"

사도무영은 사도관이 몸을 돌리자, 입술을 삐죽거리는 만소개에게 말했다.

"만소개 형, 양번으로 사람을 보내서 한 사람을 찾아주시오."

"누구를……? 혹시……, 한상?"

"그는 아직도 양번에 있을 거요. 제갈 대협이 만났다 했으니 찾는 것은 그리 어렵지 않을 거요."

잠시 후, 사람들이 대청으로 모였다.

마지막으로 장원을 둘러보고 온 장막심이 들어오더니 밝은 표정으로 말했다.

"놈들이 다급했나 보네. 식량도 창고에 가득하고, 지금 이대로도 며칠간 생활하는 데는 아무런 지장이 없을 것 같군."

"잘 됐군요."

사도무영은 만족해하며 사람들을 둘러보았다.

무당파를 대표하는 장로들과 사도무영 일행을 대표하는 사람들 십여 명의 시선이 모두 사도무영을 향했다.

"다행히 피 흘리지 않고 목적을 달성했습니다. 하지만 진정한 싸움은 아직 시작도 되지 않았습니다."

사도무영은 낭랑한 목소리로 운을 떼고 소명진인을 바라보았다.

"본론을 말씀드리기 전에 다시 한 번 무당의 뜻을 묻고자 합니다."

"말해 보게."

"저희와 계속 함께 움직이실 겁니까, 아니면 정천맹에 합류하실 겁니까?"

무당파에서 장문인을 비롯해 이백 명에 달하는 고수들이 내려온 것은 단순히 감시자들을 처리하기 위한 것만은 아니었다.

구천신교를 쳐서 치욕을 만회하겠다는 것. 그것이 진정한 무당의 뜻이었다.

문제는 방법이었다.

사도무영과 함께 독자적으로 움직이는 것과 정천맹에 합류하는 것. 무당파에게는 두 가지 선택이 있었다.

물론 어느 쪽이든 구천신교와 싸우기 위함이니 내려온 뜻과 반하지는 않았다.

"먼저 한 가지 알고 싶은 게 있네. 이곳에 있는 인원이 전부가 아닌 것으로 아네만."

"그렇습니다. 저와 함께 구천신교를 상대하기로 한 사람들이 다른 곳에서 기다리고 있습니다."

사도무영은 담담히 대답하며 소명진인과 눈을 마주쳤다.

이제 한 가지 사실을 더 알려줘야 할 때였다. 어쩌면 그로 인해서 무당파가 등을 돌릴지도 몰랐다. 하지만 알려주지 않고 일을 진행하다가 나중에 무당파가 알고 등을 돌리면 문제가 더 커질 것이었다.

"그들 중에는 정파의 사람도 있고, 마도의 세력도 있지요. 그 중 하나가 바로 철마보입니다."

소명진인은 물론 무당파의 모든 사람들이 놀란 표정을 지었다.

"철마보라고?"

"그게 정말인가?"

"허어, 거 참……."

무당파의 장로들은 서로의 눈치를 보며 인상을 찌푸렸다.

정파의 태두 중 하나인 무당파가 마도의 세력인 철마보와 손을 잡다니.

아마 사도무영이 한 말만 아니었다면, 당장 일어나서 말도 안 된다며 소리쳤을지 몰랐다.

하지만 그들은 철마보에만 신경을 쓰다 보니 사도무영의 말에 이상한 점이 있다는 걸 눈치채지 못했다.

'그 중 하나' 그 말인 즉 마도세력이 더 있을 수도 있다는 이야기거늘.

사도무영은 무당파 사람들의 반응을 이미 예상했기에 조금도 흔들리지 않았다. 오히려 자신의 정체성에 대한 이야기를 해서 그들을 자극했다.

구천신교를 상대하는 일은 절대적인 믿음이 없으면 함께할 수 없는 일인 것이다. 더구나 정천맹에 이미 뒤통수를 맞아본 그가 아닌가.

"미리 말씀드립니다만, 저는 정파인이 아닙니다. 물론 마도인도 아니지요. 제 목표는 오직 하나, 구천신교를 무너뜨리는 것입니다. 그 일을 위해서라면 누구하고든 손을 잡을 각오가 되어 있습니다."

무당파의 장로들은 마뜩치 않은 표정을 지으며 한마디씩 나섰다.

"상대가 마도인이라 해도 말인가?"

"너무 위험한 생각이군."

"그대의 마음을 이해 못하는 바는 아니지만, 굳이 그럴 필요가 있겠나?"

사도무영은 자신의 생각을 조금도 굽히지 않았다.

"구천신교는 그런 마음으로 상대해도 이긴다는 보장이 없을 만큼 강합니다. 정천맹이 맥없이 당한 것에는 그만한 이유가 있기 때문이지요."

무당파의 장로들은 쉽게 물러서지 않았다.

"으음, 아무리 그래도 마도세력과 손을 잡는 것은……."

"정천맹이 너무 얕본 면도 있다고 봐야겠지. 처음부터 조심해서 상대했다면 이리 밀렸겠는가?"

"젊으니 아직 모르는가 본데, 마인들은 절대 가까이해선 안 될 자들이라네."

공이대선사가 그 모습을 보고 혀를 찼다.

"쯔쯔쯔쯔, 도를 닦는다는 사람들이 어찌 그리 편협한가. 마가 어디에서 나오던가? 넓은 바다가 청정한 것이 어디 깨끗한 물만 받아들여서 그런 것이던가?"

"대선사……."

공이대선사가 손가락을 들어 광효를 가리켰다.

"여기 이놈은 마인이라면 당장 때려죽이지 못해서 난리인 미친놈이지. 하지만 그런 이놈도 철마보 사람들과 한솥밥을 먹으며 아무 말도 하지 않았어. 무슨 말인지 알겠는가?"

마도십삼파 중 하나로 알려져 있는 철마보가 일반 마도세력과 다르다는 소문을 듣긴 했다.

더구나 천불사의 공이대선사마저 그리 말할 정도라면 믿지 않을 도리가 없었다.

"부족한 마음을 드러내어 송구스럽습니다, 대선사."

사도관은 차마 나서진 못하고, 입만 삐죽이며 소명진인과 무당의 장로들을 째려보았다.

'내 아들이 어련히 알아서 하려고. 사공강을 만나보니까 어떤 정파인보다 더 화통하고 남자답던데. 큭, 고리타분한 말코 도사들 같으니라구. 만약 무영이가 천마궁과 용검회마저 움직

이고 있다는 걸 알면 아예 기절하겠군.'

그때 조용히 지켜보던 사도무영이 다시 입을 열었다.

"철마보가 사혈문을 멸문시킨 일에 대해서 들어보셨는지요?"

"들어봤네. 가만, 혹시 그 일이……?"

"짐작하시는 게 맞습니다. 저희가 철마보와 함께 사혈문을 멸문시켰지요. 저를 믿으신다면, 철마보를 믿으셔도 됩니다."

소명진인은 침음을 흘리며 눈을 가늘게 좁혔다.

"으음, 사도 소협이 그리 말하니 믿긴 하겠네만, 잠시만 생각을 정리할 시간을 주게나."

"그러시지요. 어떤 결정을 내리시든 저는 장문인의 뜻을 존중하겠습니다."

"고맙네."

소명진인은 눈을 감고 생각에 잠겼다.

침묵의 시간이 흐르자, 장로들 중 몇 사람이 넌지시 자신들의 생각을 밝혔다.

"정천맹에서 우리 무당이 움직였다는 걸 알면 당연히 정천맹 쪽에 합류할 거라 생각하지 않을까?"

"소전 사형, 우리 무당이 치욕을 당하고 있는 와중에도 정천맹은 사람 하나 보내주지 않았습니다. 물론 정천맹의 사정을 모르는 바는 아니지만, 너무한 일이라 생각하지 않으십니까?"

"그럼 자네는 정천맹에 합류하는 것보다 사도 소협과 함께 움직이는 게 낫다고 보는가?"

"나쁠 것도 없다고 봅니다. 철마보도 소문이 그리 나쁘진 않은 문파고, 어차피 누구와 함께 싸우든 구천신교를 무너뜨리는데 일조하면 되는 일 아니겠습니까?"

"소하 사제의 말도 일리가 있다고 보네."

"으음, 저도 그걸 모르진 않습니다만……."

그때 눈을 뜬 소명진인이 사도무영을 바라보았다.

무당파의 장로들은 일제히 입을 닫고 소명진인을 주시했다.

소명진인은 잔잔한 호수처럼 가라앉은 눈으로 담담히 입을 열었다.

"우리 무당은 자네와 함께 움직이겠네."

무당파 장로들의 표정이 조금씩 변하긴 했지만, 강하게 반대하는 사람은 나오지 않았다. 장문인의 뜻은 곧 무당의 뜻. 결정이 내려진 이상 토를 달아봐야 소용이 없는 것이다.

"저를 믿어 주셔서 감사합니다, 장문인."

사도무영은 소명진인인을 향해 포권을 취하며 고개를 숙였다. 그리고 고개를 들어 좌중을 둘러보고는 힘이 실린 목소리로 말했다.

"이제야 말씀드립니다만, 지금쯤 천유검 제갈 대협을 통해 저의 뜻이 정천맹에 전달되었을 겁니다. 무당파가 저희와 함께 움직인다면 좀 더 다양한 계획을 세울 수 있을 것 같군요."

장로들의 눈이 휘둥그레졌다.

사도무영의 실력이 뛰어나다는 거야 익히 들어서 알고 있는 상태였다. 동행하고 있는 사람들의 면면도 경악성이 터져 나올 정도로 강해서, 사도무영이 나름 믿는 구석이 있으니 나서는 거라 생각했다.

거기다 철마보마저 끌어들였다지 않는가.

그런데 다른 사람도 아니고, 천유검을 통해서 정천맹과 모종의 계획을 세우고 있다니. 그 말인 즉 사도무영이 이미 모든 걸 갖추었다는 말이 아닌가.

무당파 장로들의 사도무영을 바라보는 눈빛이 조금 전과 확연히 달라졌다.

소명진인은 진정으로 감탄했다는 듯 고개를 주억거렸다.

'결정적일 때 말 몇 마디로 장로들의 마음을 완전히 흔들어 버렸군. 과연, 내가 잘못 보지는 않았어. 허허허허.'

사도관도 그 과정을 보며 속으로 흐뭇한 웃음을 지었다.

'흐흐흐, 내 아들이지만 정말 잘났다, 잘났어.'

그리고 자신은 그 잘난 아들의 아버지고. 진짜 중요한 것은 그것이었다.

그 사이 사도무영은 눈빛 한 점 흔들림 없이 말을 이었다.

"먼저 간단하게 몇 가지 말씀드리겠습니다. 저들은 대교주 북궁마야의 명이 떨어지기 전에 움직이지 않을 겁니다. 명이 떨어지려면 이삼 일 정도 시간이 걸리겠지요. 하지만 그들이 명을 받고 움직일 때쯤이면 강호의 상황이 급변하기 시작할 겁니다. 우리가 움직이는 것은 바로 그때입니다."

5.

서신을 읽던 신유조의 얼굴이 밝아졌다.
"좋았어! 제때 나왔군."
신지에서 기다리고 기다리던 연락이 왔다. 혈천동이 열렸다는, 현천대군이 마침내 세상으로 나왔다는 소식이었다.
그는 한껏 고조된 기분을 만끽하며 다른 서신을 집어 들었다.
서신을 읽어가던 그의 이마에 골이 파이더니 점점 굵어졌다. 무당산 쪽에서 급히 전해진 서신이었는데, 생각지도 못했던 내용이 담겨있었던 것이다.
"뭐야, 일양종파 사람들이 사라져?"
잔뜩 인상을 쓰고 서신을 노려보던 그의 뇌리에 문득 한 가지 가정이 떠올랐다.
번쩍 고개를 든 그는 밖을 향해 소리쳤다.
"자청! 밖에 있으면 들어와라!"
곧 문이 열리고, 신유조의 직속 수하인 비천령의 제이조장 음자청이 안으로 들어왔다.

"부르셨습니까?"

"지금 즉시 일양궁 사람들이 제자리에 있는지 알아보도록 해라!"

"예, 비천사 어른."

신유조는 방 안을 오가며 연락이 오기를 기다렸다.

일각 가량이 지나자 음자청이 곤혹한 표정을 지은 채 안으로 들어왔다.

"있더냐?"

"아무도 보이지 않습니다, 비천사 어른. 일부는 새벽에 순찰을 나간 후 들어오지 않았고, 일부는 어젯밤 무당산 쪽에서 지원요구가 있었다며 나갔다고 합니다."

"빌어먹을!"

급히 방을 나선 신유조는 북궁마야에게 달려갔다.

북궁마야는 난데없는 보고에 미간을 찌푸렸다.

"그게 무슨 말이냐? 일양교의 사람들이 사라지다니?"

신유조가 곤혹한 표정으로 보고했다.

"무당을 감시하던 자들은 물론이고, 이곳에 머물던 자들도 모두 떠났다고 합니다."

"그들이 왜 느닷없이 떠났는지 파악해 봤느냐?"

"아직 확실한 것은 없습니다만, 철수한 것이 아닌가 하는 생각입니다."

"철수? 왜?"

"지금 그걸 알아보고 있는 중입니다."

"느닷없이 이게 무슨 일인지 모르겠군. 빨리 알아보도록 하라. 자칫 다른 종파들이 흔들릴지 모르니까."

"예, 대교주."

신유조는 허리를 깊숙이 숙이며 대답하고는 다시 고개를 들었다.

짜증난 소식으로 주인의 기분이 상해 있다. 이제 기쁜 소식으로 상한 기분을 풀어줘야 할 때였다.

"그리고 대군께서 나오셨다고 합니다, 대교주."

북궁마야의 찌푸려진 얼굴이 활짝 펴졌다.

"그래? 흠, 악이가 나왔단 말이지? 다행이군, 아주 적당한 때에 나왔어."

"현천백팔마령과 함께 출발하셨다고 했으니 며칠 후면 도착하실 겁니다."

"좋아, 악이가 오면 시작해야겠군. 그런데 혈음사의 혈승들은 어떻게 지내고 있지? 문제가 조금 있다고 하던데."

"후원을 완전히 자기들의 세상으로 만들었습니다. 거기다 인근 마을의 부녀자들을 납치해오는 바람에 소문이 안 좋게 돌고 있습니다. 지금까지는 은자로 입을 막고 있습니다만, 더 심해지면 그도 힘들 것 같아 걱정입니다."

"환희종파에서 상대하고 있지 않느냐?"

"각 종파에 배정된 인원을 제외하면 십여 명밖에 남지 않아서, 지위가 높은 자들만 겨우 상대할 수 있을 뿐입니다."
"별수 없지. 당분간만 그대로 놔둬라. 오래 가지는 않을 테니까."
오래 가지 않는다?
신유조는 북궁마야의 말뜻을 알아듣고 고개를 숙였다.
토사구팽(兎死狗烹)이라 했다.
집을 새로 지으면 마지막으로 쓰레기를 정리하는 게 기본 아니던가. 그들은 어차피 그리 될 신세였다.

1.

사월 십구일.

아침 해가 떠오른 지 한 시진 가량 지났을 무렵, 여주 정천맹 총단의 거대한 문이 활짝 열리고 이천오백에 달하는 무사가 쏟아져 나왔다.

상기된 표정으로 총단을 나선 그들은 남쪽으로 향했다.

정천맹 총단을 지켜보던 구천신교의 첩자들은 갑작스런 정천맹의 움직임에 보고를 올리기 위해서 정신없이 움직였다.

"즉시 비천사 어른께 가서 이 사실을 알려라!"

"예, 대주!"

"빌어먹을! 이제부터 똥줄 타게 움직여야겠군."

그날 저녁.

제법 큰 배 두 척이 곡성의 선착장을 출발했다.

배에는 사도무영 일행과, 무당파에서 선별한 고수 백여 명이 타고 있었다.

그들은 곧장 한수를 타고 내려가 이십 리 아래쪽 갈대밭에서 내렸다.

"여깁니다, 사도 형!"

십여 명이 갈대밭을 헤치고 나타나더니, 그 중 한 사람이 사도무영을 불렀다. 사공청이었다.

"수고가 많습니다. 구양 대협과 보주님은 도착하셨습니까?"

"예, 사도 형. 밤에만 움직여서 다행히 놈들의 눈에 띄지 않은 것 같습니다."

"잘하셨습니다. 그럼 가죠."

"따라오십시오."

그들은 곧장 동쪽으로 이동해 백화곡으로 향했다.

백화곡은 제자의 숫자가 일백여 명에 불과한 작은 문파로, 그곳의 주인인 유수병은 구양명의 절친한 친구였다.

그런 이유로 구양명이 도움을 청했는데, 다행히 유수병은 두말하지 않고 구양명의 청을 받아들인 상태였다.

유수병은 늦은 밤에 찾아온 손님들을 정중히 맞이했다.

무당의 장문인과 장로, 무당산에 기거하는 강호의 원로들,

거기다 천불사의 대선사까지. 평생을 살면서 한 번 만나기도 힘든 사람이 한둘이 아니었다.
"강호 말학 유수병이 대선사와 무당의 장문인을 뵈오이다."
"헐헐, 땡초 공이라고 하네."
"무당의 소명이라 하오."
이런저런 인사가 오간 뒤에야 정신을 차린 유수병은, 수많은 강호 원로들 사이에 서 있는 사도무영을 바라보았다.
도대체 어떤 청년이기에 친우인 구양명과 철마보의 보주인 사공강이 쌍포를 가동시켜 입이 마르도록 칭찬을 한단 말인가?
도무지 궁금해서 참을 수가 없었다.
사도무영은 유수병의 눈이 자신을 향하자 포권을 취하며 인사를 건넸다.
"사도무영이라 합니다."
"사도 공자에 대한 말은 구양 형과 사공 보주께 많이 들었네. 어서 오시게."
유수병은 사도무영을 정중하게 대했다. 그의 자식이 사도무영보다 나이가 훨씬 많은 걸 생각하면, 그가 사도무영을 어떻게 생각하고 있는지 말 몇 마디에서 그대로 드러났다.
"이렇게 허락해주셔서 감사합니다."
"친구의 일이네. 그리고 친구를 구해준 사람인데 자리 잠깐 내주는 게 뭐 힘들겠나."

잠깐 내주는 게 아니다. 자칫하면 구천신교의 적이 되어 엄청난 피해를 입을 수도 있다.

유수병도 그걸 모르지 않을 것이다. 한데도 친구를 위해 그 정도 위험은 감수할 수 있다는 듯 말한다.

의협. 정의감. 누가 알아준다 해서 행하는 것이 아닌, 진심에서 우러나온 마음이다.

사도무영은 감탄한 눈빛으로 유수병을 보며 깊숙이 고개를 숙였다.

"백화곡에는 피해가 가지 않도록 노력하겠습니다."

"어차피 나 역시 강호인이고, 나름 정파인이라 자부하네. 남들은 목숨을 걸고 마도와 싸우는데 어찌 나의 안전만 생각할 수 있겠나. 그러니 백화곡에 대해선 걱정 마시게."

나민과 함께 멀뚱히 서 있던 사도관이 감탄한 표정으로 포권을 취했다.

"정말 멋진 분이시군요. 저는 사도관이라 합니다. 하, 하. 그리고 이 아이의 아버지이지요."

유수병의 눈이 한껏 커졌다.

"사도 공자의 부친이시라면, 섬서에 혜성처럼 나타났다는 신룡검협이 아니시오?"

오오, 자신의 별호를 알다니!

사도관의 얼굴이 환하게 밝아졌다.

'역시 내가 사람은 잘 봤어! 정말 제대로 된 분이군!'

"하, 하, 하! 강호 친구들이 과분한 별호를 붙여줘서 쑥스럽습니다. 사실 저는 저에게 별호가 붙은 줄도 몰랐지요."

그는 조금도 쑥스럽지 않은 표정으로 웃고는, 내친 김에 나민을 소개했다.

"아, 이 사람은 제 집사람입니다."

사도무영은 조마조마한 마음으로 그 광경을 지켜보았다.

'그 이상 엉뚱한 말은 하지 마세요, 아버지.'

하지만 사도관은 아들의 기대를 가볍게 배신했다.

"삼 년 전에, 아들과 집을 나와서 도망치다가 만났는데……."

"아버지."

사도무영이 재빨리 사도관의 입을 막았다.

"어? 왜?"

"밤이 늦었습니다. 이야기는 안으로 들어가서 나누지요."

"그럴까? 하하하, 유 대협, 남은 이야기는 나중에 해드리겠습니다."

안 해도 되는데…….

사도무영은 속으로 한숨을 내쉬고는 유수병을 바라보았다.

"쉬기 전에 간단히 현 상황에 대해서 이야기를 나누었으면 합니다."

"따라오시구려. 자리를 마련해 놓았소이다."

사도무영은 안으로 들어가자마자 곧바로 회의를 시작했다. 조금만 틈을 주면 아버지가 또 무슨 말을 할지 모르는 것이다.

다행히 상황이 긴박한 만큼 누구도 회의의 목적을 의심하지 않았다.

"만소개 형, 정천맹 쪽의 상황은 어떻습니까?"

갑작스런 질문에 만소개가 벌떡 일어났다.

탁자에 둘러앉은 사람들은 일제히 만소개를 바라보았다.

만소개는 잔뜩 긴장한 표정으로 입을 열었다.

"계획대로 남하하고 있다는 연락이 왔습니다."

반쯤 눈을 감고 있던 소명진인이 눈을 뜨며 물었다.

"어느 정도 인원이 움직였다고 하는가?"

"알려진 바로는 모두 이천오백 정도 됩니다만, 곧 이차로 일천이 더 합류할 거라 합니다."

"그 정도면 크게 우려할 정도는 아닐 것 같은데……. 자네 생각은 어떤가?"

소명진인이 자신의 생각을 말하며 사도무영을 쳐다보았다.

구천신교의 인원은 현재까지 알려지기로 이천에서 삼천 정도라 했다.

인원으로만 따지면 불리할 게 없었다. 대정천의 전 제자들이 합류한다면 고수의 수에서도 밀리지 않았다. 그런데도 사도무영은 찜찜한 마음을 털어낼 수가 없었다.

"북궁마야가 남양으로 직접 갔을 때는 그만한 자신감이 있기 때문일 겁니다. 먼저 그에게 자신감을 불어넣어 준 원인을 찾아봐야 할 것 같습니다."

"혈음사의 혈승들을 믿고 그런 것이 아니겠나?"

그럴 수도 있었다. 그러나 그들이 아무리 강하다 해도 북궁마야는 그들만 믿고 움직일 사람이 아니었다.

그때 문득 북궁조가 말했던 북궁악이 떠올랐다.

'혹시 그를 기다리는 건가?'

그를 생각하자 왠지 모르게 뒷골이 서늘해졌다.

아직 얼굴도 모르고, 능력도 몰랐다. 북궁조가 남긴 말에 의하면, 몇 달은 더 있어야 그의 수련 기한이 찬다고 했다.

그런데도 이상할 정도로 마음에 걸렸다.

사도무영은 만소개를 바라보았다.

"만소개 형, 양번과 양양진 일대의 감시를 강화하고, 혹시라도 수상한 무리들이 나타나면 즉시 알려주도록 하시오."

"알겠습니다, 사도 형."

만소개에게 명을 내린 사도무영은 사람들을 둘러보았다.

"저는 먼저 적의 허리를 차단할 생각입니다."

2.

정천맹이 여주 총단을 떠나 남쪽으로 내려온다는 소식이 대응보에 알려진 것은 다음 날 아침 무렵이었다.

북궁마야는 그 소식을 듣고 눈살을 찌푸렸다.

"의외군. 생각보다 빨라."

신유조는 왠지 모르게 께름칙했다.

정천맹의 상황은 시시각각 첩자들에게서 연락이 왔다. 지금까지 전해진 바로는 특별히 변화라 할 만한 것이 없었다. 그저 정천맹 산하 문파에서 무사들이 모여들고 있다는 것뿐.

최근 가장 중요한 것은 제갈신운이 돌아왔다는 것 정도?

하지만 그 정도로는 정천맹의 움직임이 설명되지 않는다.

'분명 뭐가 있긴 있는데……'

신유조는 신중한 어조로 자신의 생각을 말했다.

"저희가 미처 파악하지 못한 일이 생긴 것 같습니다."

"대정천의 움직임에 대해 들어온 정보 중 특별한 것은 없느냐?"

"제갈신운이 돌아왔다는 것 외에는 없었습니다."

"대정천은?"

"기존의 몇 명 외에 추가된 자들에 대한 말은 아직 없습니다, 대교주."

북궁마야는 태사의의 팔걸이를 손가락으로 툭툭 치며 눈을 가늘게 좁혔다.

현 상태에서 자신들의 가장 강력한 방해자는 대정천이었다. 그들이 아직 대대적으로 움직이지 않았다면 크게 문제될 것이 없었다.

"정파 놈들은 자존심과 체면을 목숨만큼이나 중요시하는 놈들이다. 방성을 빼앗기면 안 된다는 절박감에 움직인 것일 수도 있겠지."

그럴 가능성도 없지는 않다. 그러나 한 번만 더 패하면 정천맹의 존립 자체가 위험한 상황에서 감정대로 움직였다는 것은 설득력이 떨어졌다.

하지만 신유조는 자신의 생각을 말하지 않았다. 대교주의 판단을 부정하는 것은 언제든 조심해야 했다.

"어쨌든 그들이 먼저 움직인 것은 저희에게 잘 된 일입니다, 대교주."

"후후후, 그럴지도 모르겠군."

"모든 교도들에게 비상을 내렸습니다. 그리고 혈음사의 혈뢰마불에게도 혈승들의 지나친 행동을 자제해 달라고 했습니다. 이제 때가 되기만 기다리면 됩니다, 대교주."

"좋아, 결정의 시기를 앞당기는 것도 나쁠 건 없겠지."

북궁마야는 냉소를 지으며 허공을 노려보았다.

비밀리에 교도들이 대응보로 모이고 있다. 그리고 마도의 고수들 역시.

정천맹이 무리해서 공격한다면, 이곳이 그들의 무덤이 될 터였다. 시간을 끌면 방성이 그들의 무덤이 될 것이고. 어느 쪽이든 나쁠 것은 없었다.

폭풍전야(暴風前夜) 243

"악이가 도착하려면 얼마나 걸릴 것 같으냐?"
"이삼 일이면 도착할 겁니다, 대교주."
"이삼 일이라······. 후후후후, 정천맹이 사라질 날도 멀지 않았군."

3.

정천맹은 방성에서 멈췄다.
그들은 남양에서 백여 리 떨어진 조가장에 진을 치고는 하루가 지나도록 움직이지 않았다.
구천신교도 신경을 잔뜩 곤두세운 채 그들의 움직임을 주시하기만 했다.
정천맹 전력의 칠 할이 조가장에 집결된 상황. 그리고 지켜보는 와중에도 계속 무사들이 모이고 있다. 구천신교는 그들을 냉정한 눈으로 주시하며 칼을 더욱 예리하게 갈았다.
그 사이 사도무영 일행은 백화곡을 출발해서 신야에 도착했다.

달도 뜨지 않은 밤.
사도무영 일행은 풍운보와 오 리 가량 떨어진 야산 위에서 풍운보를 바라보았다. 군데군데 피워놓은 화톳불로 인해 풍운보의 전경이 한눈에 들어왔다.

"구천신교와 마도의 무사 삼백 명 정도가 모여 있습니다."

만소개의 말에 풍운보를 바라보던 사도무영의 눈빛이 싸늘하게 가라앉았다.

"공격을 시작하면 놈들이 빠져나갈 새도 없이 최대한 빨리 마무리 지어야 합니다."

옆에 서 있던 사람들은 묵묵히 고개만 끄덕였다.

단순히 풍운보를 접수하는 데서 끝나는 일이 아니다. 중요한 것은 그 다음이다. 그걸 위해서 손속에 인정을 두면 안 되는 것이다.

전쟁의 결과는 언제나 참혹하지만 냉정하지 못하면 승리를 쟁취할 수 없는 법.

밤바람을 타고 진득한 혈향이 느껴진 사람들은 무거워진 표정으로 이를 지그시 악물었다.

그때 사도무영의 입이 열렸다.

"시작하지요."

"웬 놈들이냐!"

"어떤 새끼들이 야밤에 몰려오는 거냐!"

풍운보의 경비무사가 장원을 향해 빠르게 다가오는 자들을 발견하고 소리쳤다.

일반적으로 그렇게 물으면 자신의 정체를 밝히는 게 보통이었다. 하지만 그의 코앞까지 다가온 자는 대뜸 주먹부터 날리고 봤다.
 "나를 언제 봤다고 욕이야, 이 쓰발놈아!"
 쾅!
 막도의 무지막지한 주먹이 그자의 입에 처박혔다.
 "호호호, 오랜만에 막가가 성질내는 거 보니 재미있는데?"
 미고가 교소를 터트리며 훌쩍 몸을 날렸다. 그녀는 경비무사의 목에 검을 꽂고 상냥한 웃음을 지었다.
 "그래도 나 같은 여자한테 죽는 너는 행복한 거야."
 그게 시작이었다.
 우르르 몰려든 수라단원들은 경비무사 일곱을 순식간에 처리하고 풍운보의 동쪽 담장을 넘어갔다.
 동시에 사방에서 비명과 고함소리가 터져 나왔다.
 "적이다!"
 "막아! 으악!"
 "무당파의 도사들이다!"
 "다 달려들어서 그 미친놈을 막아!"
 "우하하하! 개자식들! 내가 바로 촉산의 사자 장막심이니라!"
 "아미타불! 마인들이 갈 곳은 지옥밖에 없노니……, 빈승이 직접 악에 물든 중생들을 지옥으로 보내주겠노라!"

 "이게 대체 무슨 일이냐!"

수밀종파의 대장로인 위고명은 느닷없는 소란에 벌떡 일어났다. 문밖에서 다급한 목소리가 들려왔다.
"대장로! 적이 쳐들어왔습니다!"
"뭐야? 어떤 놈이 감히……!"
"무당파의 도사들이 있다는 걸로 봐서 정천맹의 무리인 것 같습니다!"
안색이 창백해진 위고명은 부리나케 옷을 걸치고 밖으로 뛰어나갔다.
그때 그가 거처로 삼고 있는 풍양각의 정원으로 사도무영이 들어섰다.
"감히 여기가 어딘 줄 알고 들어오느냐!"
위고명의 호위무사이자 수밀종파 수교단의 무사들 중 두 사람이 칼을 빼들고 앞으로 뛰어나가 사도무영의 앞을 막았다.
사도무영은 말 대신 칼로 대답했다.
스릉, 수라도가 뽑혀 나온 순간, 어둠이 길게 갈라졌다.
쩡! 서걱!
칼과 몸이 동시에 갈라지며 어둠 속에서 피가 뿜어졌다.
수교단 무사들은 동료들이 피를 뿌리며 무너지자 눈을 치켜떴다.
"놈을 죽여라!"
이번에는 수교단 무사 셋이 악을 쓰며 달려들었다.
사도무영은 무심한 눈으로 그들을 바라보며 한 걸음 앞으로 내밀었다.

 그의 모습이 흐릿해지며 사라진 직후, 가공할 도세가 수교단 무사들의 머리 위에서 떨어져 내렸다.

 아수라구도식 중 수라유성우가 찰나 간에 세 사람을 집어삼켰다.

 항거할 수 없는 절대의 거력!

 쩌저저정!

 세 사람이 들고 있던 도검이 산산조각 나며 비산하고 공포에 질린 비명이 뒤를 이었다.

 "크억!"

 "으헉!"

 연이어 다섯 사람을 고혼으로 만든 사도무영은 천천히 내려서며 위고명을 응시했다.

 방을 나온 위고명이 화톳불에 비친 사도무영의 모습을 보고 눈을 부릅떴다. 사도무영을 알아본 것이다.

 "네, 네놈은 사영……?"

 순간, 수교단 무사들의 얼굴이 창백하게 질렸다.

 사도무영은 무심한 눈으로 그들을 바라보며 걸음을 옮겼다.

 위고명은 주춤거리며 뒤로 두 걸음을 물러서더니, 수교단 무사들을 향해 소리쳤다.

 "목숨을 걸고 놈을 막아라!"

 남은 수교단 무사는 모두 넷. 그들은 대장로인 위고명의 명령이 떨어지자, 이를 악물고 사도무영을 향해 몸을 날렸다.

동시에 위고명은 휙, 몸을 돌리고 방 안으로 들어갔다.

밖에서 끊임없이 들리는 비명. 게다가 사도무영마저 나타났다.

승산이 없는 싸움. 자신의 목숨이라도 구해야 했다.

사도무영이 그 모습을 보고는 수라도를 뻗으며 냉랭히 소리쳤다.

"정녕 죽어 마땅한 자군! 교도의 목숨을 담보로 삶을 구걸하려 하다니!"

찰나, 수라도의 도첨에서 청광이 빛살처럼 퍼졌다.

수라구도식 중 수라참광(修羅斬光)!

수교단의 무사들은 눈을 부릅뜨고 전력을 다해 방어했다.

하지만 사도무영이 피를 보기로 작정하고 펼친 아수라구도식에는 절대의 힘이 담겨 있었다. 그들이 방어한다고 막을 수 있는 게 아니었다.

수라참광에 휩쓸린 사교단 무사들은 부서지고 튕겨진 채 두 번 다시 일어나지 못했다.

사도무영은 단숨에 네 명의 수교단 무사를 무너뜨리고는, 위고명을 쫓을 생각이 없는 듯 방을 바라보기만 했다.

바로 그때였다.

떠덩!

"크억!"

위고명이 들어간 방 안에서 기운이 폭발하는 소리와 억눌린 비명이 터져 나왔다.

와장창!

방문을 부수며 튕겨져 나온 위고명은 사도무영의 발치까지 떼굴떼굴 굴러갔다.

직후 천화검을 든 사도관이 방 안에서 걸어 나오며 눈을 부라렸다.

"비겁한 늙은이 같으니라고! 수하들을 두고 어딜 도망가?"

그러고는 부드러운 웃음을 지으며 사도무영을 쳐다보았다.

"무영아, 네 말대로 놈을 잡았다."

'나 잘했지?' 마치 그렇게 칭찬을 바라는 아이 같은 표정이었다.

사도무영은 담담한 표정으로 고개를 끄덕이고 위고명에게 다가갔다.

풍양각에서 한 사람도 빠져나가지 못했다. 설령 풍운보의 소식이 대웅보에 전해진다 해도 당분간은 자신이 왔다는 걸 모를 것이다.

일단 그거면 되었다. 나중에는 알려질 테지만, 그때까지라도 시간을 벌 수 있을 테니까.

그가 다가가자 억지로 일어나려는 위고명의 눈빛이 폭풍을 만난 것처럼 흔들렸다.

"이제부터 몇 가지 물을 거요. 대답 여부에 따라 처우가 달라질 것이니 선택은 그대가 알아서 하시오."

무심한 목소리로 나직이 말한 사도무영은 뒤를 돌아다보았다.

"한 대협."

한 사람이 삐죽 고개를 내밀고 풍양각으로 들어왔다.

둥근 얼굴의 중년인, 한상이었다.

개방의 제자들을 동원해서 양번을 뒤진 끝에, 허름한 주루에서 주인 행세하며 노닥거리던 그를 찾아낸 것이다.

비록 멋모르고 접근했다가 개방 제자 둘의 눈두덩이 시퍼렇게 멍들긴 했지만, 그래도 다행히 목이 잘리지는 않았다.

"저잔가?"

"예, 저자라면 구천신교 무사들의 움직임을 잘 알고 있을 겁니다."

씩, 한상이 웃으며 건들건들 다가왔다.

"걱정 말게. 자신이 생각해도 신기할 정도로 많은 것을 기억해 낼 수 있을 거야. 전에 북궁조도 그랬거든."

풍운보를 완벽히 접수하는데 걸린 시간은 단 이각에 불과했다.

사도무영은 풍양각의 시신을 정리하고 사람들이 모이기를 기다렸다.

곧 무당파와 철마보의 주요 고수들이 속속 풍양각으로 모여들었다.

"부상자는 어느 정도입니까?"

"우리 무당파는 세 명이 목숨을 잃고 심한 부상을 입은 사람이 아홉이나 되네."

소명진인이 침중한 표정으로 말했다. 무당파 장로들의 표정이 어두워졌다.

"본 보는 다섯 명이 죽고 열 명이 중상을 입었네."

사공강이 무뚝뚝한 표정으로 대답했다.

사실 그 정도의 희생만으로 풍운보를 접수한 것은 대성공이라 할 수 있었다.

그러나 적을 아무리 많이 쓰러뜨렸어도 자신의 형제나 동료 한 명을 잃은 것이 더 가슴 아픈 법. 사람들의 얼굴에는 그 아픔이 그대로 드러나 있었다.

사도무영이 어찌 그들의 마음을 모를까. 하지만 일절 감정을 드러내지 않고 공적인 사안에 대해서만 말했다.

"내일부터 적의 허리를 칠 겁니다. 오늘 밤은 푹 쉬시고 소모된 진기를 회복하시기 바랍니다."

다음 날 아침.

사도무영은 연합세력의 인원을 넷으로 나누었다.

무당의 제자들, 사공강과 철마보의 무사 중 반, 구양명 일행과 철마보 무사들 나머지 반, 사도무영 본인과 그의 일행.

그들은 각각 일로를 맡아서 양양진과 남양 사이의 진로를 차단하기로 했다.

목적은 두 가지. 구천신교의 연락망을 차단하고 지원무사들의 합류를 방해하기 위함이었다.

모든 정보는 한상이 위고명으로부터 빼낸 상태, 달려가서 제거하기만 하면 되었다.

"굳이 그 지역을 차지하려 할 필요는 없습니다. 적을 섬멸시키면 곧바로 이동하십시오."

"우리가 먼저 출발하겠네."

사공강이 먼저 자리를 박차고 일어났다.

4.

신유조는 신야에서 달려온 자의 보고를 받고 눈살을 찌푸렸다.

"풍운보가 적에게 넘어갔다고?"

"예, 비천사 어른."

장한은 고개를 처박으며 대답했다. 그가 입은 청삼은 핏물이 굳어서 곳곳이 검게 보였는데, 신유조는 그것만 보고도 싸움이 얼마나 치열했는지 알 것 같았다.

"풍운보를 친 놈들의 정체는?"

"모두 삼사백쯤 되었는데, 그들 중에 무당파의 도인들이 다수 보였습니다."

"무당파?"

반문하는 신유조의 눈빛이 싸늘하게 가라앉았다.

일양종파가 느닷없이 철수하면서 무당파를 옥죄던 족쇄가 풀린 상황. 그들이 풍운보에 나타났다 해도 이상할 것이 없었다.

"예, 비천사 어른. 그런데 제자들만 있는 것이 아니라, 장문인과 다수의 장로들까지 모조리 몰려나왔습니다."

장문인과 장로들까지?

그렇다면 무당이 작심하고 움직였다는 말, 쉽게 생각할 수 있는 문제가 아니다.

"다른 놈들은?"

"정확한 정체는 모르겠습니다만, 정파 쪽 무사가 아닌 것처럼 보이는 자들이 다수 섞여 있었습니다."

장한의 대답에 신유조가 눈살을 찌푸렸다.

정파 쪽 무사가 아니라니? 그럼 마도 쪽 무사란 말인가?

무당파는 정천맹의 주요세력 중 하나다. 그들은 마도무사들과 어울릴 자들이 아니다. 그래서 더 골치가 아프고 의아했다.

"확실하더냐?"

"손을 쓰는 게 잔인하고 망설임이 없었습니다. 솔직히 정파 무사라기보다 마도에 가까운 자들이었습니다. 그런데 그들 중 상당수의 무위가 무당파의 장로들 못지않을 정도로 강했습니다."

도대체 어떤 놈들이란 말인가?

신유조는 손가락을 쥐었다 폈다 반복하며 머리를 굴렸다.

하지만 아무리 생각해도 답이 나오지 않았다. 다만 분명한 것은, 장한의 말이 사실일 경우 그들의 힘이 만만치 않다는 것이었다.

그는 고개를 돌려서 문밖을 향해 소리쳤다.

"정요, 있으면 안으로 들어와라."

"예, 비천사 어른."

문이 열리고, 삼십 대 흑의장한이 안으로 들어왔다. 비천령(秘天令) 사대조장 중 하나인 정요였다.

신유조는 그가 걸음을 멈추자 곧바로 명을 내렸다.

"네 아이들을 데리고 풍운보로 가라. 가서 감히 본교에 대항하려는 간 큰 놈들의 정체를 확실하게 알아봐."

"복명!"

신유조는 수하를 풍운보로 보내고 북궁마야를 만났다.

북궁마야는 신유조의 보고를 받고 용상의 손잡이를 쓰다듬었다.

"무당파와 마도로 보이는 정체불명의 고수들이라……. 그들이 현 정세에 어떤 영향을 미칠 거라 보느냐?"

"보고의 의하면 적의 숫자는 삼사백이라 했습니다. 풍운보를 치면서 입었을 피해를 가정한다면 그 중 백은 빌 것입니다. 그럼 많아야 삼백이란 말이지요. 그 정도라면 본교에 직접적인 위협은 되지 않을 것입니다."

"그래도 허리가 잘리면 귀찮은 일이 벌어질 것이다. 귀찮은 일은 미연에 제거하는 게 나을 터, 본격적인 공격을 하기 전에 놈들을 처리하도록 해라."

북궁마야는 그까짓 일로 정천맹 공격이 틀어지는 걸 원치 않았다.

그러나 신유조의 생각은 조금 달랐다. 그는 조심스럽게 자신의 의견을 개진했다.

"대교주, 놈들을 그냥 놔두면 어떻겠사옵니까?"

"그놈들을 그냥 놔두자고? 등 뒤에 적을 놔두어서 좋을 게 없다는 걸 너도 잘 알 터, 그런데도 네가 그리 말했을 때는 이유가 있겠지?"

"첫째, 놈들을 제거하려면 최소 일류 이상의 무사로 오백을 동원해야 됩니다만, 정천맹을 코앞에 둔 현 상황에서는 당장 그만한 인원을 움직이기가 쉽지 않습니다."

북궁마야의 눈썹이 꿈틀거렸다. 신유조는 재빨리 말을 이어서 두 번째 이유를 댔다.

"둘째, 놈들이 신야의 풍운보를 치고 자리 잡긴 했지만, 남양을 공격하기 위해 위로 올라오지는 않을 것 같습니다. 남양과 가까워질수록 우리의 대응이 쉬워질 거라는 걸 알 테니까요. 그러니 그들은 결국 적당한 거리를 유지하며 허리를 차단하는 정도에서 만족할 것입니다."

"차단되면 좋을 게 없지 않느냐? 아래쪽에 있는 무사들이 올라오지 못할 텐데 말이다."

"속하에게 방법이 있습니다."

신유조는 확신에 찬 어조로 말하고 결론을 말했다.

"놈들이 예상보다 강하다면, 강한 힘을 아래쪽에 묶어둘 수 있으니 좋고, 약하다면 대교주께서 굳이 신경 쓰실 것도 없는 일이옵니다. 곧 대군께서 도착할 것인 즉, 그놈들을 신야에 묶어둔 상태에서 정천맹 주력을 무너뜨리면, 놈들은 결국 닭 쫓던 개꼴이 되지 않겠사옵니까?"

"흐음……."

북궁마야는 이마를 좁히고 수염을 쓰다듬었다.

신유조의 말도 일리 있게 들렸다.

북궁악이 도착하면 본격적인 공격을 할 계획이거늘, 그들을 처리하겠다고 정천맹 공격을 늦출 수는 없었다.

정천맹 주력만 무너뜨리면 그깟 놈들이 무슨 힘을 쓸 수 있겠는가.

신유조는 북궁마야의 눈빛만 보고도 그가 자신의 의견을 받아들였다는 걸 느꼈다.

그는 잔잔한 미소를 띠고 몇 마디 덧붙였다.

"나중에 집 잃은 강아지들이 짖어봤자, 대교주께서 한 번 노려보면 꼬리를 말고 도망칠 것입니다. 정 귀찮게 하면 그때 가서 철저히 밟아주면 될 일이지요."

"좋아, 그 일에 대해선 네가 알아서 하도록."

"감사하옵니다, 대교주."

자신의 거처로 돌아온 신유조는 비천령 사대조장 중 정요를 제외한 셋을 불렀다.

곧 음자청과 흑의장한 둘이 신유조의 방으로 들어왔다.

"부르셨습니까, 비천사 어른?"

"너희들은 즉시 남쪽으로 내려가서, 이곳으로 오기로 되어 있는 본교의 교도들과 마도문파의 무사들을 풍운보에서 백 리 이상 떨어진 길로 우회시켜 데려오도록 해라."

그들은 의문을 품지 않았다. 명이 떨어진 이상 행하면 그뿐.

"예, 비천사 어른."

"최대한 풍운보에 있는 놈들의 시선을 속여야 한다. 놈들과 마주치더라도, 완벽한 승산이 없으면 싸우지 말고 도주해서 이곳으로 오라고 해라."

"알겠습니다."

"지금 즉시 떠나라."

비천령 삼조장은 곧바로 방을 나갔다.

신유조는 허공을 바라보며 냉소를 베어 물었다.

"하나의 힘으로 둘을 묶어둘 수 있다면 손해라 할 것도 없지. 어떤 놈들인지 몰라도 네놈들 뜻대로 되지는 않을 것이야. 후후후후."

제9장
현천대군과
현천백팔마령(玄天百八魔靈)

1.

 정파세력에 짓눌려 지내던 마도의 중소문파들은 구천신교가 득세하자 양양진에서 남양에 이르는 지역의 정도문파를 피로써 뒤덮었다.

 중원 전 지역에서 마도가 창궐하는 가운데 가장 피비린내 나는 싸움이 벌어진 곳이 바로 그곳이었다.

 마도 중소문파들은 천지를 피로 물들인 후 구천신교의 뒤치다꺼리를 하며 전쟁이 벌어지기를 기다렸다.

 그들은 대부분이 이삼류의 무사들이었고 일류고수는 소수였으며, 절정 고수는 눈을 씻고 찾아도 보기 힘들 정도였다.

 각 문파 무사들의 숫자는 천차만별이었다. 많게는 이백여 명, 적게는 십여 명에 불과한 문파도 있었다. 그래도 모두 합하면 일천 명이 넘었다.

더구나 타 지역에서 구천신교의 정천맹 공격에 한 팔을 거들겠다며 몰려온 자들이 일천에 이르니 그들의 힘도 과소평가할 수만은 없었다.

하지만 사실 그들 중 태반은 전쟁이 벌어진다 해도 전면으로 나설 생각이 없었다.

그들의 실력으로는 나서봐야 죽지 않으면 다행이었다. 죽은 다음에 영화가 무슨 소용이란 말인가.

-마도의 영광을 위해서 정천맹과 싸우는 것도 보람찬 일이 아니겠는가!

아마 그 말을 하면 지나가던 똥개가 웃으며 개소리 말라고 할 것이다.

그럼에도 웅크리고 있던 곳에서 뛰쳐나와 구천신교의 뒤치다꺼리를 하는 것은, 구천신교가 전쟁에서 이겼을 때 콩고물이라도 줍자는 의도였다.

양양진에서 여주에 이르는 광대한 지역은 오래전부터 정파의 세력권이었다. 구천신교가 이길 경우, 먼저 머물던 자들이 그 지역에 대한 우선권을 차지할 것이 아니겠는가 말이다.

그런데 어느 날, 꿈과 희망을 품고 피비린내 나는 대지에 서 있던 그들에게 날벼락이 떨어졌다.

연합세력은 총 인원이 사백에 불과했으나, 대부분이 일류 수준 이상의 고수들이었다.

마도의 무리들은 그들의 상대가 되지 못했다.

마도문파가 피의 폭풍을 일으키며 정도문파를 휩쓸었듯이, 이번에는 연합세력이 용권풍이 되어서 마도의 무리를 지옥으로 날려버렸다.

용권풍에 휘말린 지역은 풍운보 주위 백 리에 이르렀다.

연합세력의 사람들은 추호의 인정도 남겨두지 않고 손을 썼다. 인정을 남겨둘 상황도 아니었고, 남겨둘 마음도 없었다.

이에는 이, 피에는 피!

모두들 대의라는 명분 앞에 살귀가 되어서 가슴마저 피로 젖었다.

누구도 예외가 없었다.

"아미타불, 이 땡초와 함께 지옥으로 가자꾸나……."

심지어 공이대선사조차 불호를 외며 죽은 자의 혼을 지옥으로 이끌었다.

현 상황에서 그가 베풀 수 있는 자비는 상대에게 고통을 주지 않는 것이 전부였다.

사도무영은 일행과 함께 북쪽을 정리했다.

그들의 수는 다른 조에 비해 반도 안 되었지만, 실질적인 무력은 가장 강했다. 하기에 가장 위험한 지역인 북쪽을 맡았다.

마도무리들을 제거하며 전진한 그들이 계획의 종착지인 등주(鄧州)에 들어간 것은 그날 해가 질 무렵이었다.

최종목적지는 등주 일대의 토호이자 등주 제일의 세력인 금검장(金劍莊)이었다.

금검장은 화산의 속가제자였던 군자승이 세운 곳으로, 그 역사가 이백 년이나 되었다.

그토록 오랜 세월, 그들은 등주의 경제를 좌우했고, 군과 관조차 양손에 쥐고 흔들었다. 최소한 등주에서만큼은 그들이 왕이나 다름없었던 것이다.

등주 사람들은 그걸 잘 알기에 금검장의 영화가 천년만년 갈 것처럼 생각했다. 그런데 불과 십여 일 전, 영원할 것 같던 금검장이 하루아침에 무너지고 말았다.

그날 금검장 삼백 식솔이 죽으며 흘린 피로 장원은 혈해가 되었다고 하는데, 피비린내가 어찌나 독한지 등주 사람들은 금검장 근처로 다가가지 않았다고 한다.

오죽하면 '금검장이 혈해장(血海莊)이 되었다'라고 했을까.

그렇게 무너진 금검장에 똬리를 튼 세력은, 등주에서 서북쪽으로 이백 리 떨어진 곳에 있던 혈수방(血手幇)이었다.

혈수방은 사혈문과 함께 잔혹하기로 유명한 마도 세력이었다.

방주는 혈수인마(血手人魔) 모지평.

손속의 잔인함으로 따지면 사혈문주 오노적은 비교도 안 될 만큼 악독한 자가 바로 그자였다.

"아주 잔인한 놈입죠. 명을 제대로 이행하지 못했다고 수하들의 사지를 잘라 죽인 놈입니다."

만소개가 모지평에게 한이 맺힌 것처럼 이를 갈며 말했다. 그로선 그럴 만한 이유가 있었다. 금검장을 조사하던 개방의 거지 중 두 사람이 다리 밑에서 처참한 시체로 발견된 것이다.

사도무영은 거리가 가까워지는 금검장을 보며 만소개에게 물었다.

"지금 금검장에 있는 자들은 얼마나 되죠?"

"이백 명쯤 된다고 합니다. 마도십삼파에 속한 세력을 제외하고는 놈들의 숫자가 가장 많습니다."

게다가 실력도 뛰어나고, 하나하나가 잔혹한 마인들이었다.

아마 구천신교가 정천맹을 본격적으로 공격하면 혈수방에서도 상당수가 달려갈 것이 분명했다.

사도무영은 금검장을 보며 무심한 어조로 말했다.

"금검장이 다시 한 번 혈해장이 되겠군요."

혼잣말처럼 나직이 흘러나오는 목소리.

일행들은 자신도 모르게 흠칫하며 어깨를 떨었다.

하지만 누구도 부정하지 않았다. 그렇게 될 수밖에 없다는 걸 그들도 아는 것이다.

말을 나누다 보니 어느새 금검장과의 거리가 오십 장으로 줄어들었다.

금검장은 남북으로 길게 뻗은 대로 끝에 있었다.

거대한 정문 양쪽으로 이제 막 불이 붙은 화톳불이 타오르고, 그 근처에서 대여섯 명의 무사가 거들먹거리며 오가고 있었다.

"뭐, 뭐야? 저건 뭐하는 놈들이지?"

"상한 술을 처먹었나? 왜들 난리야?"

사도무영 일행이 대로를 일직선으로 가로지르자 술에 취한 자들이 놀라서 비켜섰다.

그러나 그들 중에 섞여 있던 마도 무사들은 비키지 않고 욕을 퍼부으며 무기를 뽑았다.

"뭐하는 새끼들인데 등주에 들어와서 어깨에 힘을 주는 거냐?"

"등주가 혈수방의 땅이 되었다는 걸 모르는 놈들인가?"

"죽고 싶어 환장한 자식들이군!"

그들은 수라단원의 차지가 되었다.

수라단원들은 욕을 퍼부은 대가로 그들의 숨통을 끊기 전 주둥이를 부수고 뼈마디를 부러뜨렸다.

"어디서 함부로 주둥이를 놀려? 네가 교상이냐?"

"호호호호, 말 함부로 하는 놈치고 밤일 제대로 하는 놈 없다니까?"

"너 때문에 나만 이상한 놈 됐잖아!"

퍽! 퍼벅! 우지끈!

"끄억!"

"흐윽!"

"사, 살려······, 크악!"

"적당히 하고 빨리 와! 령주님께서는 벌써 장원 앞까지 가셨다!"

정문을 지키던 위사들은 밀려드는 사도무영 일행을 보고 안색이 흙빛으로 물들었다.

그들을 향해 수라단원 중 몇 명이 날아갔다. 수라단원들은 그 와중에도 입을 가만두지 않았다.

"왼쪽에 있는 놈은 내 거다! 손대지 마!"

"그럼 오른쪽 놈 목은 내가 비튼다!"

"이번에는 우리에게 맡겨!"

아무리 봐도 제정신이 아닌 놈들 같다. 자신들이 허수아비인 줄 아나?

혈수방 무사들은 버릇처럼 무기를 뽑아들었다.

그 사이 정문 이 장 앞까지 다가간 사도무영이 우수를 앞을 뻗었다.

콰르르릉!

쾅!

풍뢰수는 두꺼운 정문을 살얼음 으깨듯 부숴버리고, 안쪽에서 달려오던 자들 몇 명까지 튕겨버렸다.

손을 거둔 사도무영은 무심한 표정을 지은 채 안으로 들어갔다.

그런데 미처 세 걸음을 옮기기도 전에 사도관이 훌쩍 몸을 날려 사도무영을 지나쳤다.

"무영아, 이 애비가 앞장서마! 으하하하! 이놈들, 신룡검협이 왔다! 다 나와라!"

그 말이 떨어지자마자 장원 안쪽에서 백여 명의 무사들이 우르르 몰려 나왔다.

"감히 여기가 어디라고 쳐들어 온 것이냐!"

"놈들을 죽여라!"

"목을 치고 뼈를 발라버려!"

혼자 상대하기에는 너무 많은 숫자.

하지만 사도관은 결코 기가 죽지 않았다.

"승 형! 오랜만에 손발 좀 맞춰봅시다!"

마인이라면 눈에 불을 켜는 광효가 옆에 있거늘, 굳이 자신 혼자서 저 많은 사람을 상대할 이유가 없었다.

"아미타불! 마에 물든 자들이여, 지옥으로 가라!"

광효는 역시나 그의 기대에 어긋나지 않았다.

불호를 외운 광효는 훌쩍 몸을 날려서, 몰려오는 혈수방 무사들 속으로 뛰어들었다.

'정말 화끈하군! 저래서 내가 승 형을 좋아한다니까.'

사도관도 뒤지지 않고 천화검을 앞세운 채 신형을 날렸다.

"여기 신룡검협이 있다!"

섭장천이 곧바로 뒤를 따라가고, 단학과 도담과 수라단도 상대를 향해 몰려갔다.
 당신들은 누구냐? 왜 왔느냐? 우리들이 누군지 아느냐?
 누구도 상대에게 그런 식으로 묻지 않았다.
 양쪽에서 터져 나온 말들은 열 중 아홉이 욕설이었다. 그리고 그 끝에는 상대를 죽이겠다는 말이 꼭 들어갔다.
 "찢어죽일 놈들!"
 "갈아 마실 놈들!"
 "놈들을 죽여라!"

 혈수방의 무사들은 예상했던 것보다 더 끈질기게 달려들었다.
 그러나 그들이 아무리 용을 써도 사도무영 일행은 그들이 상대할 수 있는 사람들이 아니었다. 가장 약하다는 섭장천의 수하 네 사람도 혈수방의 간부들을 상대하며 밀리지 않을 정도였으니까.
 특히 광효와 사도관의 위세는 그들을 공포로 몰아넣기에 충분했다.
 콰아아아!
 광효가 승포를 펄럭이며 두 손을 휘저으니 어둠으로 물든 하늘 가득 천 개의 수영이 펼쳐졌다.
 "아, 미, 타, 불!"
 광효의 입에서 불호가 흘러나온 순간!

회오리처럼 휘돌던 수영이 폭죽처럼 터져나가며 근처에 있던 혈수방 무사 칠팔 명을 한꺼번에 삼켜버렸다.
 뒤이어 사도관의 검에서 뻗어 나온 다섯 자 길이의 검강이, 그를 우습게보고 달려들던 다섯 명을 갈대처럼 훑고 지나갔다.
 핏줄기가 밤하늘 속으로 솟구치고, 연이은 비명이 어둠을 뒤흔들었다.
 "으아악!"
 "무, 물러서!"
 "도, 도망쳐라! 으아악!"
 단 세 번의 공격, 이십여 명이 피를 뿌리며 쓰러지고, 어둠보다 더 짙은 공포가 혈수방 무사들의 뇌리를 짓눌렀다.

 한편, 사도무영은 전면의 혈풍을 뒤로 하고 안쪽으로 들어갔다.
 마침 밖으로 나오던 혈수인마가 사도무영을 발견하고 노성을 내질렀다.
 "찢어서 씹어 먹을 놈들! 네놈 먼저 갈기갈기 찢어 죽여서 네놈 동료들에게 본보기를 보여줘야겠다!"
 사도무영은 아무런 대꾸도 하지 않고 무심히 걸음만 옮겼다.
 혈수인마를 호위하던 열두 명의 호법무사 중 세 명이 그를 향해 달려들었다.
 사도무영은 수라도를 빼들고 허공을 갈랐다.

쉬이익!

어둠과 세 사람의 몸이 동시에 갈라졌다.

사도무영은 거기서 멈추지 않고 계속 혈수인마를 향해 다가갔다.

혈수인마는 눈앞에서 펼쳐진 광경을 믿을 수가 없었다.

자신의 호법들이 저렇게 약했나? 그럴 리가 없는데?

그는 뭔가가 잘못 되었다는 것을 알고도 무조건 수하들만 다그쳤다.

"뭐하느냐! 놈을 막아라!"

아홉 명의 호법무사는 반사적으로 튀어나갔다. 혈수인마의 명을 어기면 어차피 사지가 찢겨서 죽을 것이었다.

혈수인마는 눈에서 광기를 번들거리며, 수하의 뒤에 몸을 숨기고서 사도무영을 향해 몸을 날렸다.

새파란 놈이 강해봐야 얼마나 강하겠는가.

빈틈을 찾아 공격한다면 놈의 목줄기를 뜯어낼 수 있겠지!

사도무영은 수라유성우와 수라단혼으로 단숨에 다섯 명의 호법무사를 갈랐다. 그리고 풍뢰수로 두 명의 안면을 부숴버렸다.

남은 두 명의 호법무사가 주춤할 때였다. 혈수인마가 그들 사이에서 튀어나오며 사도무영을 향해 두 손을 내밀었다.

"죽어라, 이놈!"

시뻘건 손가락이 사도무영의 안면을 향해 날아들었다.

사도무영은 무심한 눈으로 혈수인마의 손을 바라보며 좌수를 말아 쥐고 들어 올렸다.
 어둠이 휘도는가 싶더니, 머리통 만하게 커진 권영이 혈수인마의 혈수를 덮쳤다.
 떠더덩!
 시뻘건 수영이 회륜천강권에 산산이 부서지고, 혈수인마는 얼굴이 와락 일그러진 채 뒤로 튕겨졌다.
 회심의 공격이 사도무영의 단 일권에 막히자, 혈수인마는 처음으로 공포를 느꼈다.
 '내가 상대할 수 있는 놈이 아니다!'
 판단이 내려진 이상 머뭇거릴 시간이 없다. 혈수인마는 뒤로 물러나던 기세 그대로 신형을 날렸다.
 "두고 보자, 이놈! 반드시 네놈의 심장을 꺼내 씹어 먹겠다!"
 사도무영은 그를 놔줄 마음이 없었다.
 용천풍을 펼친 그는 단숨에 혈수인마를 이 장 거리까지 따라잡고 좌수를 비틀었다.
 순간, 섬뜩한 소리와 함께 한 줄기 벼락이 어둠을 갈랐다.
 퉁! 쉬이이익!
 혈수인마는 뭔가가 자신의 목을 휘감는다는 느낌이 들자, 급히 손을 들어서 목을 휘감는 물체를 붙잡았다.
 순간, 쇠도 찢어버린다는 그의 손가락 세 개가 맥없이 잘렸다.

서걱!

"으헉!"

사도무영은 혈수인마의 목을 휘감은 지옥전사를 홱 잡아챘다. 그대로 목을 잘라 죽일 수도 있었지만, 혈수방의 수장인 그에게 몇 마디 물어볼 것이 있어서 죽이지는 않았다.

손가락이 잘린 충격에 넋이 반쯤 빠진 혈수인마는 대항도 못해 보고 허공을 날아서 바닥에 내리꽂혔다.

쾅!

"끄어어어!"

사도무영은 지옥전사를 회수하고 무심한 눈으로 혈수인마를 바라보았다.

바닥에 꽂히며 깨진 머리와 잘린 손가락에서 피가 흘러나오고 있었다. 그가 금검장 사람들의 피로 적셨던 바닥이 이제는 그의 피로 적셔지고 있는 것이다.

"지옥에 가면 많은 사람들이 너를 기다리겠군."

혈수인마의 몸이 덜덜 떨렸다.

그때 한상이 쪼르르 안으로 들어왔다.

"하, 하, 하. 혹시 내가 필요하지 않을까 해서······."

그러잖아도 부르려고 했는데 잘 된 일이었다.

"두 시진 후 돌아갈 겁니다. 그때까지 최대한 많은 걸 알아내십시오. 방법은 알아서 하시고."

씨익.

한상은 부드럽게 웃어주고는, 혈수인마를 향해 고개를 돌렸다.

"두 시진이면 충분하지. 이놈은 아마 삼 년 전 오늘, 저녁으로 뭘 먹었는지도 기억해 낼 거네."

그는 재미있는 장난감을 얻은 아이처럼 천진난만한 표정을 지은 채 모지평을 향해 다가갔다.

2.

사도무영 일행이 풍운보로 돌아온 것은 다음 날 새벽 인시 무렵이었다.

나머지 삼로는 아직 돌아오지 않은 상태였다. 계획한 대로 진행 된다면, 오후 무렵이 되어야 돌아올 것이었다.

사도무영은 사람들을 각자의 방으로 돌려보내고는 차를 마시며 생각에 잠겼다.

반쯤 열린 창문을 통해 시원한 새벽바람이 불어왔다. 머리카락이 겨우 날릴 바람인데도 등잔에서 솟아오르던 불이 춤을 추었다. 방 안의 모든 것이 불빛을 따라 흔들렸다.

흔들리는 불빛 때문인가? 왠지 모를 심란함에 마음이 싱숭생숭했다.

금검장을 떠나오기 전 한상에게 받은 보고 때문인지도…….

한상은 혈수인마를 끌고 안으로 들어간 지 두 시진 만에 나왔다.

 열린 문틈으로 보인 혈수인마는 차마 눈뜨고 볼 수 없을 만큼 참혹한 모습으로 쓰러져 있었다. 이미 죽은 상태였다.

 혈수인마는 죽기 전, 어릴 적에 잊어버린 생모의 이름까지 기억해냈다고 했다.

 그의 말이 거짓이 아니라는 걸 한상은 확신했다.

 하지만 사도무영이 필요로 하는 것은 혈수인마 모지평의 생모 이름이 아니었다.

 한상은 한참 너스레를 떤 다음 사도무영이 필요로 하는 말을 했다.

 "구천신교가 비밀리에 각 마도문파의 무사들 중 일류 이상의 고수들을 몇 십 명씩 강제로 차출했다고 하네. 혈수방에서도 선발로 이십 명을 보냈고, 자신 역시 날이 새면 달려갈 계획이었다고 하더군."

 사도무영 일행이 쳐들어오는 바람에 지옥으로 달려가고 말았지만.

 '놈들의 움직임이 심상치 않아.'

 구천신교는 그동안 마도십삼파 외의 타 문파에는 손을 벌리지 않았다. 자발적인 참여는 반겼어도.

 그랬던 그들이 비밀리에 강제로 무사들을 소집해서 몸집을 키우고 있다.
 자신이 생각할 때 이유는 하나뿐이다.
 때가 다가오고 있다는 말.
 '문제는 그게 언제냐 하는 것인데……'
 아무래도 예상보다 빨라질 것 같다.
 '정천맹에 주의를 주어야겠군. 군사와 제갈 대협이라면 적절한 조치를 취하겠지.'

 사도무영은 날이 밝자마자 서신을 써서 제갈현종에게 보냈다. 그리고 사람을 몇 명 보내서 남양의 상황을 시시각각으로 보고하게 했다.
 그런데 사람들이 떠나고 한 시진쯤 지났을 때였다. 만소개가 한 가지 소식을 가지고 풍운보로 달려왔다.

 "괴이한 자들이 한수를 건넜다는 소식입니다. 모두 백여 명으로 흑의를 입었는데, 근처에 접근하는 게 겁날 정도로 살벌한 분위기를 풍기는 자들이었다고 합니다요."
 구천신교의 무리임은 두말할 것도 없었다. 문제는 그들의 정체였다. 사도무영이 물었다.
 "그들의 정체를 짐작할 만한 것은 없었소?"
 "지금까지 본 구천신교의 무리와는 판이하게 달랐다고 합니다. 꼭 제정신이 아닌 자들처럼 보였는데, 개중에 북궁조가 아닌가 의심이 갈 만큼 닮은 자도 있었다고 했습니다요."

북궁조로 착각할 만큼 닮았다?

'혹시 그가……?'

한 가지 가능성이 뇌리를 스치자, 사도무영이 급히 만소개에게 말했다.

"즉시 사람들에게 연락해서, 그들과 마주치면 정면대결을 하지 말고 일단 뒤로 물러나라고 하시오."

"알겠습니다요."

하지만 만소개가 풍운보를 떠날 즈음, 이미 북궁악과 현유와 현천백팔마령은 양양진을 빠져나와 북상하고 있었다.

3.

구양명은 철마보 무사 일백과 백화곡 무사 삼십 명을 이끌고 남쪽을 맡은 상태였다.

그가 그들을 만난 것은, 양양진에서 사십 리 가량 떨어진 곳에 머무를 때였다.

그들은 모두 검은 옷을 입고 있었다. 숫자는 백 명이 조금 넘는 정도.

구양명은 그들을 보고 왠지 불길한 느낌이 들었다.

평소라면 냉정하게 생각해서 무리한 일을 벌이지 않았을 그였다.
 하지만 수월산장이 무너진 것에 대한 복수심이 그의 판단을 흐리게 했다. 전날 백여 명의 마도 무사들을 제거하며 자신감이 생긴 것도 한몫했고.
 자신들보다 적은 숫자. 저들의 주 전력은 남양에 운집한 상태. 충분히 붙어볼 만하다는 생각이 든 것이다.
 그래도 혹시나 하는 마음에 급습을 하기로 하고, 벌거숭이 야산의 계곡 양쪽에 숨어서 그들이 다가오기를 기다렸다.
 그리고 그들이 계곡 안으로 들어선 순간, 양쪽 경사면에서 쏟아져 내려가며 그들을 공격했다.
 "쳐라! 구천신교 놈들을 한 놈도 통과시키지 마라!"
 "쓸어버려라!"
 구양명이 직접 선두에 서서 계곡으로 내려갔다.
 고윤과 지연학이 그를 바짝 따라가고, 철마보 무사들이 무기를 빼든 채 기세를 올렸다.
 "와아아아!"
 하지만 계곡에 들어선 흑의인들은 누구 하나 당황하지 않았다. 당황하기는커녕 너무 태연하게 쳐다봐서 마치 반쯤 넋이 빠진 사람처럼 보일 지경이었다.

 구양명은 흑의인 둘을 몰아붙이며 경악을 금치 못했다.
 일개 평무사로 보이는 자였다. 그런데 자신의 검을 막아내고도 몇 걸음 물러날 뿐 큰 충격을 받지 않은 모습이었다.
'어디서 이런 놈들이……!'
그러나 그의 경악은 이제 시작일 뿐이었다.
그가 멈칫하는 사이 여기저기서 비명과 신음이 터져 나왔다.
"크윽!"
"이 괴물 같은 놈들이……!"
"으헉! 조, 조심해라!"
"으악!"
"목을 자르기 전까지는 안심하지 마!"
구양명은 두 흑의인을 멀찌감치 떼어내고 다급히 주위를 둘러보았다. 순간 그의 안색이 납덩이처럼 굳어졌다.
일류 수준에 이르렀다는 고수들이 흑의인들의 사오초도 막지 못하고 죽어갔다.
특히 뻣뻣한 팔을 휘두르는 자는 피에 미친 자처럼 느껴질 정도로 살기가 짙고 강했다.
그는 중상을 입은 자도 그대로 놔두지 않고 철저하게 죽음을 확인했다.
사지가 잘리고, 피가 튀었다.
그토록 강인하던 철마보 무사들조차 공포에 물든 표정이었다. 하물며 백화곡 무사들은 안색이 납빛으로 굳은 채 물러서기에 정신없었다.
그것은 무사들 간의 격전이 아니었다. 죽지 않는 괴물과 맞선 인간들의 처절한 사투였다.

 하지만 구양명은 한 사람에게서 시선을 뗄 수 없었다.

 묵빛 피풍의를 두르고 웃음을 지으며 격전장을 누비는 흑포장한. 그는 다른 흑의인 모두를 다 합한 것보다 더한 공포였다.

 그에게 걸린 사람은 단 일초도 견디지 못하고 처참하게 죽어갔다.

 머리가 으스러지고, 심장이 뚫리고……

 철마보와 백화곡의 무사들은 죽어가면서 비명조차 제대로 지르지 못했다.

 조장도, 당주도 그에게 걸리면 벗어나지 못했다.

 구양명은 소름이 돋았다. 그대로 놔두면 전멸은 시간문제일 뿐.

 그는 상대하던 자들을 놔두고 흑포장한을 향해 신형을 날렸다.

 "그자는 내가 상대한다! 물러서!"

 흑포장한, 북궁악은 하얀 미소를 지으며 구양명을 바라보았다.

 구양명의 검이 금방이라도 북궁악의 심장이 꽂힐 것 같은 순간, 북궁악이 손을 들어 허공을 저었다.

 쾅!

 일성 굉음이 터져 나오고, 신검합일한 채 날아가던 구양명의 몸이 옆으로 이 장 가량 날아갔다.

 '흡!'

구양명은 거센 충격에 머리가 멍해졌다. 하지만 이를 악물고 정신을 차린 후 바닥에 겨우 내려섰다.
그때 북궁악이 그를 향해 다가오며 쌍장을 휘둘렀다.
구양명은 혼신의 힘을 다해 검을 들어 올리고, 전 공력을 모두 쏟아냈다.
콰광! 떠더덩!
대기가 찢어져 나가고, 땅바닥이 들썩였다.
단 삼 초.
거센 충격을 받은 구양명은 더 이상 견디지 못하고 뒤로 주르륵 밀렸다.
'맙소사! 세상에 이런 자가 있다니!'
막을 수 없는 자다. 더 싸워봐야 시신의 숫자만 늘어날 뿐. 참담하지만 냉정한 현실은 그것이 사실이라고 말하고 있었다.
그는 악을 쓰며 후퇴를 알렸다.
"모두 후퇴해! 즉시 이곳을 빠져나간다!"
그리고 자신은 북궁악을 향해 달려들었다.
"후후후, 제법이군."
북궁악은 하얗게 웃으며 구양명을 향해 일장을 휘둘렀다. 순간 그의 장력에서 검은 구름이 쏟아져 나왔다.
구양명도 전력을 다해 상대의 장력에 맞섰다. 하지만 북궁악의 이번 장력은 그가 이전까지 상대했던 것보다 훨씬 강력했다.

쾅!

검강이 폭죽처럼 터져나가고, 내력이 뒤틀린 구양명은 피를 쏟아내며 뒤로 튕겼다.

"크으윽!"

그때 고윤과 지연학이 날아들며 구양명 앞에 내려섰다.

"대협! 저희가 상대하겠습니다!"

"아, 안 돼……."

구양명은 두 사람을 말리려 했다. 그들이 나름 고수라 해도 북궁악의 일초 상대가 아니었다.

고윤과 지연학도 모르지 않았다. 하지만 그들은 이미 죽음을 각오한 터였다.

"대협! 오늘 그동안의 은혜를 갚겠습니다!"

"동 형! 대협을 모시고 가시오! 어서!"

삼 초식만에 구양명을 궁지로 몰아넣은 자다. 단 일장으로 천하의 구양명을 뒤로 날려 보낸 자. 동우기는 이것저것 생각하지 않고 구양명의 몸을 안아든 채 그곳을 벗어났다.

구양명은 참담한 마음이었다. 그들을 말리고 싶었다. 하지만 그가 할 수 있는 일은 아무것도 없었다.

북궁악은 구양명을 안고 도주하는 동우기를 놔둔 채 고윤과 지연학을 바라보았다.

"정파인이라는 자들은 참 재미있는 놈들이군. 죽일 맛이 나겠어."

고윤이 눈을 부라리며 소리쳤다. 조금도 두려움이 없는 눈빛, 표정이었다.
"이놈! 너 같은 악마가 어찌 의협의 도리를 알겠느냐!"
"의협의 도리? 크크크, 죽고 나면 그게 무슨 소용이란 말이냐?"
북궁악은 나직이 웃음을 흘리며 두 손을 들어 올렸다.
동시에 고윤과 지연학이 북궁악을 향해 달려들었다.
"세상에는 목숨보다 더 귀한 것이 있는 법이니라!"
"네놈은 죽을 때까지 우리의 마음을 알 수 없을 것이다!"
그것이 두 사람의 마지막 공격이었다.
퍼벅! 쾅!
북궁악은 단 일장으로 두 사람을 날려버리고, 천천히 다가가 머리를 부숴버렸다.
목숨을 아끼지 않고 달려드는 그들의 행동과 말이 왠지 모르게 거슬린 것이다.
"대군, 놈들을 쫓아가서 모조리 까마귀밥으로 만들겠습니다."
두 손을 피로 물들인 현유는 아직도 피가 부족한지 살광을 번뜩이며 동우기 쪽으로 몸을 날렸다.
그런데 북궁악이 현유의 행동을 제지시켰다.
"그냥 놔둬라, 현유. 갈 길이 바쁘다."
그는 하찮은 자들 때문에 지체해야 한다는 사실이 마음에 들지 않았다.
 쓰레기 따위가 감히 하늘의 앞을 막다니.

4.

 "정말 악마 같은 자였습니다, 공자!"
 구양명을 업고 풍운보로 달려온 동우기의 얼굴은 공포에 질려 있었다.
 둘러앉은 사람들은 예상치 못했던 참담한 상황에 경악을 금치 못했다.
 단 반 각의 격전. 그 싸움에서 철마보의 무사 칠십여 명과 백화곡 무사 이십 명이 죽음을 당했다. 또한 구양명이 중상을 입고, 고윤과 지연학이 흑의장한의 손에 머리가 터진 채 죽어갔다.
 풍운보에 있는 사람 중 고월신검 구양명보다 강하다고 할 수 있는 사람은 다섯 사람 정도였다.
 사도무영, 광효, 사도관, 섭장천, 공이대선사.
 하지만 그들 중 구양명을 삼사 초식만에 중상 입힐 수 있는 사람은 오직 사도무영뿐이었다.
 결국 그자가 광효나 사도관보다 강하다는 말.
 "북궁악, 정말 그가 나왔군."

사도무영이 입술을 씹으며 단언하듯이 말했다.
사도관이 굳은 표정으로 물었다.
"그자가 누군데 그렇게 강하단 말이냐?"
다른 사람들도 궁금한 듯 입을 꾹 다문 채 사도무영을 바라보았다.
"북궁마야의 쌍둥이 아들 중 둘째입니다."
"네가 잡았다는 북궁조의 동생?"
"예, 아버지. 북궁조의 말대로라면 아직 그자가 나올 때가 아닙니다. 그런데 아무래도 그가 시기를 앞당겨 나온 것 같습니다."
"그와 함께 움직인다는 백여 명의 흑의인들도 문제가 될 것 같네."
입을 다물고 있던 섭장천이 침중한 표정으로 말했다.
사도무영도 같은 생각이었다.
북궁악이 친위대처럼 끌고 다니는 자들이다. 철마보와 백화곡의 무사 구십을 순식간에 도륙한 자들. 변수라 하기에 부족하지 않은 자들이었다.
사도무영이 만소개에게 물었다.
"그들은 지금 어디에 있소?"
"상둔 쪽으로 북상해서 남양으로 올라가고 있습니다."
그렇다면 쫓아가기도 늦은 상황. 사도무영은 이마를 찌푸리고 사람들을 둘러보았다.

현천대군과 현천백팔마령(玄天百八魔靈) 285

"아무래도 계획을 수정해야 할 것 같군요. 그리고 정천맹에도 그들에 대한 것을 알려야겠습니다."

물론 위지양과 순우겸에게도 알려야 할 것이었다.

북궁악이 예상보다 빨리 합류함으로써 상황이 급격하게 흐르기 시작했다.

또 다른 혼돈의 시작인가, 아니면 혼돈의 절정인가?

사도무영은 이를 지그시 악물었다.

1.

　북궁마야는 햇살을 등지고 대전으로 들어서는 흑의인을 바라보았다.
　검은 피풍의를 휘날리며 들어서는 장한. 자신의 희망인 북궁악이었다. 그의 일 보 뒤에서 따라오는 사람은 현유였고.
　그는 북궁악이 이 장 앞에서 멈춰 서자 담담히 입을 열었다.
　"왔느냐?"
　"오면서 형이 죽었다는 말을 들었습니다. 제가 조금 더 일찍 나올 걸 그랬나 봅니다."
　"복수를 하고 싶으냐?"
　북궁악은 눈빛 한 점 흔들리지 않고 하얗게 웃으며 말했다.

"따로 복수할 것도 없지요. 저들의 피가 대지를 붉게 적시면 그게 곧 형에 대한 복수가 아니겠습니까?"

"옳은 생각이다, 허허허."

북궁마야는 흡족한 웃음을 지었다. 그의 어디에도 아들을 잃은 슬픔은 없었다.

"그래, 오면서 일이 있었다고?"

"생쥐들이 달려들어서 밟아주고 왔습니다."

"그러잖아도 풍운보를 차지하고 설치는 놈들이 있다는 보고를 들었다. 아무래도 정천맹 때문에 우리가 움직이지 못한다는 걸 알고 공격하는 것 같다."

"그대로 놔두실 겁니까?"

"지금은 그들을 상대하겠다고 인원을 나눌 여유가 없다. 어차피 정천맹만 무너지면 놈들이 아무리 악다구니를 써도 소용없지 않겠느냐?"

"저 역시 아버님과 같은 생각입니다."

그때 조용히 서 있던 현유가 나섰다.

"사부님, 자칫하면 양양진과 제갈세가에 있는 본교의 교도들이 합류하지 못할지도 모르는 일. 제자에게 몇 명만 내주시면 귀찮게 구는 생쥐들을 정리하겠습니다."

천천히 고개를 젓는 북궁마야의 수염 사이로 살소가 떠올랐다.

"우후후후, 그럴 필요 없다. 저들은 결국 헛고생만 한 셈이 될 테니까."

현유가 의아한 표정을 짓자 신유조가 웃음을 지으며 말했다.

"저들은 양양진과 제갈세가에 남은 세력이 합류하는 것을 막기 위해서 우리의 허리를 차단하려 하는 것입니다. 하지만 저들이 미처 모르는 게 있습니다. 양양진과 제갈세가에 남은 무사들 중 쓸 만한 사람들은 이미 이곳을 향해 이동하고 있습니다. 남은 자들은 그저 머릿수만 많을 뿐이지요."

"그럼 적의 눈을 속이기 위해서……?"

"물론 남은 자들까지 모두 합류한다면 적잖은 도움이 될 것은 분명합니다. 하지만 그 대신 저들도 힘이 합쳐질 터. 둘의 힘을 이용해서 적의 전력을 셋, 넷 묶어둘 수 있다면 결코 손해라 할 것도 없지요."

"아, 그렇군요. 이제야 정확히 알겠습니다. 정말 멋진 계책입니다."

현유가 진정으로 감탄하며 수긍하자 북궁마야가 자리에서 일어났다.

"가서 쉬어라. 전쟁이 시작되면 며칠 동안 편히 쉴 시간이 없을 것이다."

"알겠습니다, 아버님. 하하, 벌써부터 내일이 기다려지는군요."

북궁악은 가벼운 웃음을 터트렸다.

하지만 그의 눈에서는 아무런 감정도 드러나지 않았다.

북궁마야는 그 모습을 보며 대만족했다.

'후후후, 악이가 현천마존기를 극성에 이르도록 익힌 이상 사영, 그놈이 나타나도 걱정할 것이 없겠구나.'

혈령조와 현천사호령이 단 한 사람에게 패했다.

그는 그 사실을 보고 받고 도무지 믿을 수가 없었다.

자신이라 해도 혈령조와 현천사호령을 단신으로 상대해서 이길 자신이 없었다. 그런데 사영은 해낸 것이다.

생전 처음으로 느껴보는 기이한 감정. 상대의 강함에 대한 질시와 싸우면 질지 모른다는 두려움이 그를 분노케 했다.

감히 자신에게 그런 감정을 품게 하다니!

하지만 북궁악이 온 이상 이제는 그런 걱정을 할 것도 없었다.

'사영, 그놈만큼은 내 반드시 토막을 내서 죽일 것이다!'

아들에 대한 복수 때문이 아니었다. 또 살아날까 봐 걱정이 되는 것이다.

그는 북궁악이 현유와 함께 밖으로 나가자 신유조를 바라보았다.

"어떤가?"

"앙축드립니다, 대교주! 대군께서 기대했던 것보다 더 강하게 성장하셨습니다. 정천맹은 이제 곧 지옥을 경험하게 될 것입니다."

"후후후후, 저 아이를 위해 열두 명의 전대 장로들이 희생되었네. 그들의 희생이 아깝지 않아."

"그분들도 모두 저승에서 웃고 있을 것입니다."
"사영이라는 놈과 철혈신마도 악이의 적수가 될 수 없을 것이야."
"물론이옵니다, 대교주."
"신유조, 이제 모든 준비는 갖추어져 있다. 모레 놈들을 칠 것이니 만반의 준비를 갖추도록 하라."
"예, 대교주. 남쪽에서 올라오는 자들도 내일이면 모두 도착할 것입니다."
신유조는 고개를 깊숙이 숙이며 대답하고는, 뒷걸음질로 대전을 나왔다.

대전을 나온 그는 눈을 가늘게 좁혔다. 정면에서 쏘아진 햇빛 때문만은 아니었다.
그에게는 북궁마야에게 보고할 것이 하나 있었다. 그런데 보고해야 하나 말아야 하나 망설이는 사이 북궁악이 도착했고, 북궁마야가 사영이라는 이름을 꺼내자 가슴에 묻어야만 했다.
'풍운보에 사영으로 의심되는 놈이 있다고 했다. 그리고 정체불명의 엄청난 고수 두어 명이 그의 옆에 있다고 했다. 아마 그 이야기를 하면 대교주께선 반드시 풍운보를 치려고 할 거야.'
그도 대교주 북궁마야가 왜 사영의 이름을 꺼내는지 알고 있었다. 그래서 말할 수가 없었다.

정말 풍운보에 사영이 있다면, 그를 잡기 위해선 대응보에 모인 전력의 이삼 할은 빠져나가야 한다. 아니면 북궁악과 현천백팔마령을 보내든지.

문제는, 설사 사영을 잡는다 해도 피해가 막대할 거라는 점이었다.

자칫하면 모든 계획이 틀어질지 모르는 일.

신유조는 흐름이 깨지는 것을 원치 않았다. 흐름이라는 것은 한 번 깨지면 복구하기가 쉽지 않은 법이었다.

전에도 북궁조가 당하면서 하마터면 흐름이 깨질 뻔했다. 정천맹이 무리를 하는 바람에 바로 만회하긴 했지만.

또다시 그런 일이 벌어져서는 절대 안 되었다.

'어차피 사영이라는 놈도 함부로 움직이지 못할 것이다. 그 사이 정천맹을 부수면, 그놈이 아무리 날고 기는 재주가 있어도 날개 꺾인 독수리일 뿐이지.'

마음을 정리한 그는 보다 편해진 표정으로 자신의 거처를 향해 걸음을 옮겼다.

대전을 나온 북궁악은 현천백팔마령과 자신에게 주어진 별원으로 향했다.

그런데 막 별원으로 들어가려고 할 때였다. 저만치 지나가는 여인들이 보였다.

모두 네 명이었는데 그의 시선은 그 중 오직 하나만을 향했다.

옆을 따라가던 현유는 북궁악이 누굴 보고 있는지 알고 묘한 냉소를 지었다.

'대군도 남자는 남자군.'

그가 지나가는 말투로 넌지시 말했다.

"환희종파의 여인들입니다. 여화란도 있군요."

"저기 면사를 쓴 여인이 여화란이냐?"

"예, 대군. 환희종파의 여인답지 않게 함부로 몸을 주지 않는다는 말을 들었습니다."

"훗, 그래? 하긴 기운을 살펴보니 아직 깨끗한 몸이군."

그 점은 미처 현유도 모르고 있던 사실이었다.

현유는 여화란이 청백지신이라는 말에 이마를 좁혔다.

'빌어먹을, 그런 줄 알았으면 내가 먼저 차지할 걸. 환희종파의 계집이라 경험이 많은 줄 알았는데……'

여화란은 갑자기 몸이 오들오들 떨렸다.

뱀이 몸을 칭칭 감는다면 이런 기분이 들까 싶을 정도로 오싹한 느낌이었다.

그녀는 그 느낌이 전해지는 곳을 향해 고개를 돌렸다.

순간 눈빛이 폭풍을 만난 것처럼 떨렸다.

'아, 악마……!'

바로 그때, 그녀의 머릿속으로 기이한 음성이 스며들었다.

「여화란, 이리 와서 나를 배알하라.」

그녀는 자신도 모르게 몸을 돌리고 걸음을 옮겼다.

"어머. 아가씨, 어딜 가시려고……."

세 걸음쯤 걸어가는데 함께 걷던 여인이 의아해하며 불렀다.

그제야 정신을 차린 여화란은 몸을 부들부들 떨었다.

「후후후후, 제법이구나, 현천마존령에서 벗어나다니. 여화란, 명심해라. 이제부터 너는 나를 섬겨야 할 것이다. 그 누가 너를 원해도 내 이름을 대고 거부해라. 너는 오직 내 앞에서만 옷을 벗어야 하며, 네 몸은 오직 나만을 받아들여야 할 것이다.」

여화란은 미친놈 헛소리 말라며 코웃음 치고 싶었다. 하지만 북궁악과 눈을 마주친 순간부터 입을 열 수가 없었다.

「본인의 이름은 북궁악. 앞으로 현천세상의 주인이 될 현천대군이다. 오늘은 해야 할 일이 있으니 그냥 보내주겠다. 하나 앞으로 너는 오로지 나를 위해 살아야 할 것이니, 매일 몸을 깨끗이 씻고 본 대군이 현신할 날을 기다리도록 해라.」

북궁악은 심어로 여화란의 정신을 얽어매고는 하얗게 웃으며 몸을 돌렸다.

여화란은 북궁악이 현유와 함께 별원으로 들어가자마자 그 자리에 주저앉았다.

"아가씨. 왜 그러세요?"

무슨 일인가 싶어 멍하니 서 있던 세 여인은 여화란이 주저 앉자 깜짝 놀라 다가왔다.

하지만 여화란의 귀에는 그녀들의 목소리가 들리지 않았다.
'마, 맙소사……. 현천의 전설이라는 극마의 마인이 탄생하다니…….'
고개를 세차게 내저은 여화란은 입술을 질끈 깨물고 일어났다. 다리가 후들후들 떨렸다.
오래전부터 환희종파에서는 한 가지 이야기가 전설처럼 전해 내려왔다.

―환희의 여신이 하늘의 기운을 받아 혼돈의 세상에 태어나리니, 혼돈의 지배자와 극마의 마인만이 그녀의 영혼을 취할 자격이 있도다.

그녀는 하늘의 기운을 받아 태어난 환희의 여신. 그녀의 짝이 될 수 있는 사람은 둘뿐이라는 말이다.
한데 현천대군이라면 그 중 극마의 마인이 아닌가. 그녀를 취할 수 있는 두 사람 중 하나.
여화란은 후들거리는 몸을 돌렸다.
그녀의 마음은 이미 다른 사람 것이었다.
그가 전설이 말하는 혼돈의 지배자이든 아니든 상관없었다. 그를 보고 있으면 마음이 편하고 즐겁고 행복했다. 그거면 되었다.
'북궁악! 나는 당신의 여자가 되지 않을 거야! 나는 당신보

다 그 사람이 더 좋아!'

이를 악문 그녀는 억지로 힘을 내서 걸음을 옮겼다.

2.

개방의 서신은 북궁악이 도착한 지 세 시진 후 조가장에 전해졌다.

제갈현종은 개방으로부터 받은 서신을 읽고 곧바로 청무진인을 만났다.

"놈들에게 막강한 원군이 나타났다고 합니다, 맹주."

청무진인은 제갈현종이 건네준 서신을 읽고도 별반 흔들리지 않았다.

"대정천이 본격적으로 나선 이상 크게 문제될 것은 아니라고 보네만."

대정천의 고수들이 곧 도착한다는 연락이 왔다.

청무진인은 대정천이 본격적으로 나섰다는 사실이 그 무엇보다도 반가웠다.

거기다가 정천단도 완벽하게 갖춰진 상태. 이제는 두려울 것이 없었다.

'힘들더라도 우리 힘으로 해결해야만 정천맹이 천하의 중심에 설 수 있다. 그래야만 지금까지의 실책을 만회할 수 있어.

만약 사도무영이 우리를 대신하게 된다면, 천하는 우리 정천맹을 비웃을 것이야.'

이미 두 번에 걸쳐서 패했다. 한 번 승리를 하긴 했지만, 그것 역시 사도무영의 도움이 아니었다면 불가능했을지 몰랐다.

그런데 마지막 싸움조차 사도무영이 주도해서 이긴다면?

다시는 자존심을 만회할 기회가 없을지…….

시기심이기라기보다는 이기적인 집착이었다. 패배의 치욕을 만회해야 한다는, 정천맹만이 천하의 중심이어야 한다는 그런 마음 말이다.

"군사, 구천신교의 본진은 우리가 책임질 테니까, 사도무영 일행에게 양양진과 양번의 적을 치라고 전하게."

"굳이 그럴 필요가 있겠습니까? 그러다 구천신교 놈들이 움직이면……."

"어차피 본진은 우리가 상대해야 하네. 그런데 그들이 뒤를 깨끗하게 처리해 준다면 우리도 힘이 훨씬 덜 들 것이 아닌가?"

제갈현종의 눈빛이 잘게 흔들렸다.

언뜻 들으면 괜찮은 계획처럼 생각되었다. 그리고 사실 그리 나쁜 계획은 아니었다. 적의 후방을 쳐서 지원을 끊는 것은 병법의 기본이니까.

문제는 그러한 계획을 밀어붙이는 청무진인의 의도였다.

제갈현종이 왜 청무진인의 마음을 모를까. 한 마디 한 마디

할 때마다 표정과 말투에서 그 마음이 묻어나거늘.

'그가 그토록 마음에 걸리신 건가?'

답답하고 안타까웠다.

며칠 전만 해도 구천신교가 몰려올지 몰라 전전긍긍했거늘. 지금은 어떻게 해야 더 큰 공을 차지할 수 있는지 그걸 계산하고 있다.

사도무영이 없어도 가능한 일일까?

솔직히 이리 재고 저리 재 봐도 어림없는 소리였다.

물론 대정천이 온다면 상황이 훨씬 나아질 것이다. 그래도 어쨌든 사도무영의 도움이 절실한 것만큼은 분명한 사실이었다.

'지금은 끌어안아야 할 때이거늘……'

그런데 치욕을 만회할 생각에 매달려서 그를 내치려 한다.

문제는 정천맹의 장로들 대부분이 청무진인과 비슷한 생각을 하고 있다는 점이었다.

'맹주와 장로들은 사도 공자보다 벽검산장을 더 믿고 있다. 끄응, 정말 문제군. 조카가 걱정한 것도 무리가 아니었어.'

하지만 어쩌랴. 맹주의 명인데.

또한 사도무영이 양양진과 제갈세가에 있는 자들을 급습해서 물리치면, 제갈세가를 힘 하나 안 들이고 되찾을 수 있지 않은가.

'후우, 대정천이 합류하면 저들에게 밀리지는 않겠지.'

그렇게 생각한 그는 일단 청무진인의 뜻을 따르기로 했다.

제갈신운에게 말할까 생각도 했지만, 그가 어떻게 나올지 자명한 터라 당분간 입을 닫기로 했다.
이야기한다 해서 달라질 것도 없고, 지금은 힘을 합칠 때, 분란이 일어나서 좋을 게 없는 것이다.
"알겠습니다. 대정천의 합류가 확인되면, 맹주님의 뜻을 곡해하지 않도록 서신을 써서 그에게 보내겠습니다."

그 시각, 제갈신운은 제갈유를 찾아갔다.
"조카, 안에 있나?"
"예, 숙부. 들어오십시오."
안으로 들어가자 제갈유와 함께 동방경이 일어나서 인사했다.
제갈신운은 가슴이 묵직해졌다. 하지만 표내지 않고 담담히 말했다.
"조카와 잠시 이야기 나눌 게 있네. 잠시 자리 좀 비켜주겠나?"
동방경은 미소를 지으며 대답했다.
"그러잖아도 막 가려던 참이었습니다, 대협. 그럼 이만 가보겠네, 아우."
제갈유에게 작별인사를 한 그는 제갈신운을 향해 가볍게 고개를 숙여 보이고는 방을 나갔다.
제갈신운은 동방경이 방을 나간 다음에야 의자에 앉았다.
제갈유가 찻잔을 하나 새로 놓고 차를 따랐다. 그러고는 의아한 표정으로 물었다.

"무슨 일입니까, 숙부?"

제갈신운은 잠시 말을 하지 않고 차를 마셨다. 그리고 동방경의 기척이 완전히 사라진 뒤에야 입을 열었다.

"언제부터 동방경과 친하게 지냈느냐?"

"제갈세가에 오셨을 때부터 알고 지냈습니다. 나이 차이도 많지 않아서 제 마음을 많이 위로해 주셨지요. 정말 고마운 분입니다."

제갈신운은 가슴에 만근짜리 추가 얹어진 기분이 들었다.

"고마운 사람이라고?"

"시간 날 때마다 와서 많은 이야기를 들려주셨거든요."

"그럼 하나만 묻겠다. 절대 거짓이 있어서는 안 된다. 만일 기억이 안 나면 머리를 쥐어짜서라도 살려내라."

"숙부……?"

그제야 제갈유는 심상치 않음을 느끼고 표정이 굳어졌다.

제갈신운은 그런 제갈유의 두 눈을 똑바로 쳐다본 채 질문을 던졌다.

"혹시 동방경에게 사도 공자에 대한 이야기를 한 적이 있느냐?"

"사도 형 말씀입니까? 그야 했죠. 경 형님도 잘 알고 있었으니까요."

"최근의 일을 말하는 것이 아니다. 처음, 그러니까 제갈세가에 있을 때 했냐고 묻는 것이다."

제갈유는 잠시 생각하는 듯하더니 고개를 끄덕였다.

"예, 했습니다."

"삼령도에 대한 이야기도 했느냐?"

순간 제갈유의 표정이 굳어지고 눈이 커졌다.

"숙부님이 그걸 어떻게……?"

"했느냐?"

"해, 했습니다."

"조 소저에 대한 이야기도 했겠지?"

"그, 그게……."

제갈유는 입을 악다물었다. 눈꺼풀이 파르르 떨렸.

그는 입술을 질겅거리더니 고개를 푹 숙이고 말했다.

"제가 어리석어서 약속을 어겼습니다. 말하지 않기로 했는데, 당시에 워낙 답답하고 어디에 하소연할 곳도 없어서……."

"조 소저를 좋아했느냐?"

"아닙니다."

"아니다?"

"제가 좋아한 여인은 그녀가 아니라 적소연이라는 소녀였습니다. 그런데 적의 공격을 받는 상황에서 그녀를 찾아갈 수도 없고, 사도 형은 절대 가면 안 된다고 하고……. 술을 마셔도 그녀만 생각나고……."

제갈신운은 싸늘한 눈으로 제갈유를 노려보았다.
"제갈세가의 아들이 약속을 어기고 신의를 배반하다니, 믿을 수가 없군."
제갈유는 의자에서 일어나 털썩, 바다에 무릎을 꿇었다.
"죄송합니다, 숙부. 사도 형에게 죄를 지었습니다. 하지만 제 마음도 이해해 주십시오, 숙부! 저는 지금도 그녀를 잊을 수가 없습니다. 제가 죽어라 수련에만 열중하는 것도 그녀가 떠오를까 봐 두려워서······."
탕!
제갈신운이 탁자를 내리쳐 제갈유의 말을 끊었다.
그러고는 냉랭한 목소리로 말했다.
"네가 좋아하는 여인을 그리워하는 것을 뭐라고 하는 게 아니다. 약속을 어긴 것이 분명 큰 잘못이지만, 그것 때문에 이러는 것도 아니다."
"그럼 도대체 왜······?"
"네가 약속을 어김으로써 강호명숙이 죽거나 크게 다쳤다. 그리고 조 소저와 적 소저가 하마터면 죽을 뻔했다."
"예? 그, 그게 무슨 말씀이십니까?"
벌떡 고개를 쳐든 제갈유의 두 눈이 튀어나올 것처럼 커졌다.
"네놈이 사람을 몰라보고 함부로 지껄이는 바람에 벌어진 일이니라. 내가 왜 너를 찾아와 추궁하는지 이제 알겠느냐?"
제갈유는 우매한 자가 아니었다. 그는 제갈신운이 한 말의 앞뒤를 맞추어보고 곧 상황을 깨달았다.

"그, 그럼 혹시……? 서, 설마……?"

그는 벌벌 떨며 제갈신운을 바라보았다.

제발 자신이 생각한 것이 사실이 아니었으면…….

제갈신운은 절망에 빠진 표정으로 떨고 있는 제갈유를 향해 무심한 목소리로 말했다.

"지금부터 내가 하는 말대로 따를 수 있겠느냐?"

"수, 숙부……."

"따른다면 사실을 말해 주겠다."

제갈유는 듣고 싶었다. 당장 숙부의 손에 죽는다 해도 확실한 것을 알고 싶었다.

"숙부님 말씀에 따르겠습니다. 말씀해 주십시오."

제갈신운은 사도무영에게 들은 사실을 빠짐없이 말해 주었다.

"네가 술 처먹고 지껄인 말을 동방경이 북궁조에게 전했다. 그러자 북궁조는 즉시 삼령도로 사람을 보내서 그들을 죽이려고 했지. 그 바람에 삼령도에 있던 사람 중 종리곽이라는 노인이 죽고, 청성의 풍허도인은 크게 다친 모양이다. 다행히 사도공자의 사부와 풍허도인이 전력을 다한 덕에 조 소저와 적 소저는 무사하다고 하더군. 이제 알겠느냐, 네가 약속을 어긴 바람에 무슨 일이 벌어졌는지?"

제갈유는 넋이 빠진 표정으로 보일 듯 말듯 고개를 끄덕였다. 고개를 끄덕일 때마다 눈에 고였던 눈물이 주르륵 흘러내렸다.

그 모습을 보고도 제갈신운은 한 치도 흔들리지 않았다.

"이제부터 내가 하라는 대로 해라."

"크흐흑, 예, 숙부."

"당분간 동방경과 벽검산장을 자극해선 안 된다. 그러니 이전과 똑같이 행동하고, 동방경이 너의 변화된 모습을 알아보지 못하게 해라. 만약 그를 속일 자신이 없거든……, 이곳에서 멀리 떠나든지, 자결하든지 둘 중 하나를 택해라. 너에 대한 것은 내가 차후 가주 형님에게 말씀드릴 것이니라."

너무 냉정해서 정말 숙부인가 의심이 갈 정도였다.

그러나 제갈유는 제갈신운을 원망하지 않았다.

멀리 떠나라는 말을 한 것만으로도 제갈신운은 많이 양보한 것이었다.

"말씀대로 따르겠습니다, 숙부."

그는 떠나고 싶지 않았다. 떠날 마음이 아예 없었다.

자신을 속인 동방경에게 복수해야 했다.

'나쁜 놈! 개만도 못한 놈! 네놈이 어떻게 나에게…….'

제갈신운은 제갈유의 마음을 읽고 차가운 어조로 다그쳤다.

"헛생각하지 마라. 정 복수를 하고 싶다면, 내 말에 따르면서 지켜보도록 해."

제갈유는 이마를 바닥에 처박으며 흐느꼈다.

"예, 숙부. 크흐흐흑."

제갈신운은 제갈유가 울음을 멈출 때까지 쳐다보기만 했다. 그리고 제갈유가 고개를 들자 자리에서 일어났다.

"본가가 다시 살아나기 위해선 앞으로 많은 노력이 필요하다. 특히 너처럼 젊은 사람들이 더 많이 노력해야 한다. 한 번 죽은 목숨이다 생각하고 세가를 다시 일으키는데 전력을 다 쏟도록 해라. 그것만이 네가 용서받을 길이니까."

"명심하겠습니다, 숙부."

제갈신운은 제갈유의 대답을 들으며 몸을 돌렸다. 그리고 방문을 열기 전 다시 입을 열었다.

"누구에게도 그 일을 말하지 않을 것이다. 가주 형님께도. 이 숙부가 너에게 해줄 수 있는 것은 그게 전부다. 그러나 또 다시 실수한다면……, 내 가주 형님께 죄를 짓는 한이 있어도 네 목을 직접 벨 것이다."

그날 밤새소리만이 들려오는 해시 무렵.

보는 것만으로도 숨이 막힐 것 같은 기세를 지닌 스물다섯 명이 조가장으로 들어섰다.

황색 승포를 입고 있은 노승과 네 명의 노인이 앞서 들어오고, 스무 명의 중장년인이 그 뒤를 따라 들어왔다.

마침내 대정천의 고수들이 모두 정천맹에 합류한 것이다.

청무진인은 제갈현종과 장로들을 대동하고 직접 연무장까지 나가서 요공대사를 비롯한 대정천의 사람들을 맞이했다.

"허허허, 천주, 잘 오셨소이다."
요공대사는 반장을 하며 고개를 숙였다.
"아미타불, 많은 고초가 있다 들었소. 몸은 괜찮으시오?"
"염려 덕분에 무탈합니다."
"전력으로 도와주지 못해 죄송했소이다."
"빈도가 어찌 천주의 마음을 모르겠습니까."
요공대사의 얼굴에 쓴웃음이 걸렸다.
"그나마도 신운이 아니었으면 미망에서 헤어나지 못했을 것이오."
서서 인사를 나누는 시간이 길어지자 제갈현종이 웃음을 지으며 나섰다.
"천주, 안으로 들어가시지요."

대정천이 조가장에 들어간 지 반각 후 정천맹의 중견 간부 한 사람이 수하 둘과 함께 조가장을 빠져나왔다.
순찰을 맡은 비영당의 간부여서 누구도 그를 의심하지 않았다.
그리고 다음 날 새벽, 신유조의 귀에 대정천이 조가장에 도착했다는 말이 전해졌다.
신유조는 그 말을 전해 듣고 냉소를 지었다.
'마침내 놈들이 왔군.'
그는 조금도 걱정하지 않았다. 걱정은커녕 잘 됐다고 생각했다.

'범은 한 군데 몰아넣고 잡아야 더 안전한 법이지. 흩어져 있으면 힘만 많이 들고 자칫 물릴 수가 있거든.'

자리에서 일어난 그는 차로 입술을 축인 후 방을 나섰다. 아직 해가 뜨기 전이지만, 북궁마야는 깨어있을 것이었다.

3.

제갈현종의 서신이 풍운보에 도착한 것은 점심을 먹은 직후였다.

사도무영은 서신을 한 자 한 자 읽어보고 눈살을 찌푸렸다.

대정천이 도착했다는 내용은 분명 반가운 사실이었다. 그런데 정천맹 쪽에서, 자신이 양양진과 제갈세가의 적을 급습해 후면의 적을 청소해 주길 바라고 있었다.

그들을 치는 거야 어렵지 않았다. 한편으로는 그것도 괜찮은 생각인 듯했고.

그런데 두 번 세 번 내용을 곱씹을수록 찜찜한 마음이 자꾸 고개를 내밀었다.

북궁악이 나타났거늘, 자신은 거꾸로 그와 멀어져야 하다니.

그가 합류함으로써 구천신교가 본격적으로 움직일지 모르는데 남쪽으로 내려가야 하다니.

일단은 그 사실이 마음에 안 들었다. 그리고 가슴이 답답했다. 불길한 예감을 느꼈을 때처럼.

'만약 우리가 남하했을 때 그들이 공격한다면, 정천맹이 그들을 막을 수 있을까?'

검지로 이마를 문지르던 사도무영은 고개를 흔들며 자리에서 일어났다. 혼자 고민하느니 함께 의견을 나누어보는 게 나을 것 같았다.

"대정천이 도착했다면 큰 걱정은 하지 않아도 될 것 같은데……."

나직이 중얼거리며 방을 나온 그는 사람들을 불러모았다.

곧 사람들이 그의 방으로 모여들었다.

"무슨 일인데 급히 사람들을 모은 것이냐?"

사도관이 바로 옆에 앉으며 물었다.

섭장천이 정곡을 콕 집어냈다.

"정천맹에서 서신이 왔다던데, 그것 때문인가?"

"그렇습니다, 형님."

사도무영은 고개를 끄덕이고는 서신의 내용을 공개했다.

"대정천이 조가장에 도착했다고 합니다. 그런데 정천맹에서 저희에게 허리의 절단만이 아니라, 그 아래쪽까지 무너뜨려 달라는 부탁을 해왔습니다."

아래쪽이라면 양양진과 양번의 제갈세가를 말함이다.

섭장천은 그것도 괜찮은 계획이라 생각했다.

"대정천도 도착했고, 정천맹이 남양에 있는 자들을 책임질 수 있다면 그것도 나쁘지 않을 것 같네만."

단학도 오랜만에 의견을 내놓았다.

"공자, 병법에서 머리를 치려면 먼저 다리를 자르라고 하지 않습니까? 저 역시 괜찮다는 생각입니다."

"꼬리 아냐?"

사도관이 토를 달았다.

단학은 실처럼 가느다란 눈으로 사도관을 째려보았다.

'다리나 꼬리나. 사람은 꼬리가 없으니 다리를 치자는 거 아뇨?'

그런데 다리든 꼬리든 상관없는 사람도 있었다.

잘 되었다는 듯 광효가 벌떡 일어났다.

"말만 해라! 지금 당장 달려가서 마에 물든 자들을 쓸어버릴 것이니라. 그들 정도로는 빈승의 앞을 막을 수 없을 것이다."

당장 달려갈 것 같은 광효의 모습을 보고 공이대선사가 한숨을 푹푹 내쉬었다.

"에혀, 이놈아, 너는 가만히 있다가 소시주가 하라는 대로 하기나 해."

그때 사도관이 불만 섞인 말투로 퉁퉁거렸다.

"근데 왜 갑자기 우리에게 다리와 꼬리를 치라고 하지? 나는 머리를 치는 게 더 좋은데. 혹시 딴 생각하는 거 아냐?"

아무래도 꼬리보다 머리를 쳐야 마누라가 확실하게 알 텐데. 신룡검협의 위대한 활약상을!

사도관은 솔직히 그런 마음으로 말했다.
그런데 그 말이 떨어지자, 분위기가 무겁게 가라앉았다.
사도무영의 표정도 조금 전과 달리 무심하게 굳어지고, 눈빛도 깊이를 알 수 없는 해저처럼 깊어졌다.
씁쓸한 마음이 들어야하는데, 오히려 답답하던 가슴이 시원해졌다.
가슴을 칭칭 옭아매고 있던 밧줄이 일순간에 풀어진 느낌.
'그런 뜻이란 말이지?'

〈11권에서 계속〉

Dark Blaze

다크 블레이즈

김현우 판타지 장편소설

FANTASYSTORY & ADVENTURE

『레드 데스티니』, 『골든 메이지』의 작가!
김현우 판타지 장편소설

십 년 전쟁의 승리에 파묻힌 충격적 비화.
제국이 아버지의 죽음을 감췄다!

알파드 공의 죽음과 엘리멘탈 프로젝트의 실체.
뒤틀린 진실을 알기 위해 아르미드 남매가 복수의 칼을 들었다!

dream books
드림북스